CW00794687

Orhan Pamuk

Mon père

et autres textes

*Traduit du turc
par Valérie Gay-Aksoy et Gilles Authier*

Gallimard

Orhan Pamuk est né en 1952 à Istanbul. Il a fait des études d'architecture, de journalisme et a effectué de longs séjours aux États-Unis (université d'Iowa, université Columbia). Il est l'auteur notamment du *Livre noir*, prix France Culture 1995, de *Mon nom est Rouge*, prix du Meilleur Livre étranger 2002, de *Neige*, prix Médicis étranger 2005 et prix Méditerranée étranger 2006, et d'*Istanbul*. Son œuvre est traduite en quarante langues.

Il a reçu le prix Nobel de littérature en 2006.

Mon père

Je suis rentré tard ce soir-là. Ils m'ont annoncé que mon père était mort. Une image d'enfance s'est douloureusement imposée à mon esprit : les jambes maigres de mon père, en short, à la maison.

À 2 heures du matin, je suis allé chez lui le voir pour la dernière fois. « Il est dans la chambre du fond », dirent-ils. J'entrai. Lorsque, au petit matin, j'ai regagné l'avenue Valikonağı, les rues de Nişantaşı où je vivais depuis cinquante ans étaient froides et désertes, les lumières dans les vitrines distantes et étrangères.

Je n'ai pas fermé l'œil et dans la matinée, comme dans un rêve, j'ai répondu au téléphone, reçu les visiteurs et accompli les démarches ; tandis que je m'absorbais dans les notes, les requêtes, les divers desiderata ou les petites questions, et rédigeais le faire-part de décès, j'ai cru comprendre pourquoi, face à la mort, les rites funéraires prenaient plus d'importance que la mort elle-même.

En fin d'après-midi, nous sommes allés au cimetière d'Edirnekapı régler les préparatifs de l'enterrement. Mon frère aîné et mon cousin sont descendus de voiture pour se rendre dans le petit bâtiment administratif du cimetière et je suis resté seul à l'avant du taxi avec le chauffeur. À ce moment-là, il m'a dit qu'il me connaissait.

« Mon père est mort », lui dis-je. Et à ma grande surprise, de façon inattendue, j'ai commencé à lui parler de mon père. Je lui racontai combien cet homme était bon et, surtout, combien je l'aimais. Le soleil était sur le point de se coucher. Le cimetière était vide et silencieux. Les immeubles en béton des alentours semblaient avoir perdu leur hideur coutumière et rayonner d'une étrange clarté. Tandis que je parlais, un vent froid que nous ne sentions pas derrière les vitres fermées agitait doucement les cyprès et les platanes du cimetière ; cette image, comme celle des jambes minces de mon père, s'est gravée dans ma mémoire.

Lorsqu'il devint évident que l'attente serait plus longue que prévu, le chauffeur, qui m'avait déclaré que nous portions le même prénom, me gratifia de deux petites tapes dans le dos, sincères et pleines de compassion, et s'en alla. Ce que je lui ai raconté, je ne l'ai livré à personne d'autre. Mais une semaine plus tard, cette chose que je gardais au fond de moi se mêla aux souvenirs et à l'affliction. Et si je ne la couchais pas sur le papier, elle risquait de s'amplifier et de me causer un immense chagrin.

Quand j'avais dit au chauffeur : « Mon père n'a jamais eu le moindre froncement de sourcils contre moi, il ne m'a jamais grondé ni donné la moindre claque », j'avais parlé sans trop réfléchir, en omettant de mentionner le plus important. Cette entrée en matière, quelque peu égoïste, était loin de refléter sa foncière gentillesse. Quand j'étais enfant, il regardait avec une sincère admiration chacun de mes dessins ; il examinait chacun des brouillons que je lui soumettais pour avoir son approbation comme s'il était en face d'un chef-d'œuvre, il riait du fond du cœur à mes blagues les plus plates et les plus insipides. Sans la confiance qu'il a su me donner, il m'aurait été beaucoup plus difficile de devenir écrivain et de choisir d'en faire une profession. Cette assurance que mon père réussissait si bien à nous faire éprouver, à mon frère et à moi, ce sentiment que nous étions des êtres uniques et brillants venait de la confiance en soi et de l'estime que mon père nourrissait pour lui-même. Avec une naïveté tout enfantine, il était convaincu que nous étions forcément aussi brillants et intelligents que lui, pour la simple raison que nous étions ses fils.

Il était doué d'une grande vivacité d'esprit, en effet : il pouvait réciter par cœur un poème de Cenap Şahabettin, citer de mémoire les quinze chiffres après la virgule du nombre pi, ou prédire sans se tromper comment le film que nous étions en train de regarder allait se terminer. Il aimait beaucoup étaler son intelligence à travers de nombreuses anecdotes. Il adorait nous raconter par exemple que, lorsqu'il était au collège et encore en culotte courte, son professeur de mathématiques

était allé le chercher dans sa classe et l'avait fait
venir à un cours de dernière année de lycée. Après
avoir appelé le petit Gündüz au tableau pour lui
faire résoudre un problème sur lequel avaient calé
ses aînés de trois ans, le professeur l'avait chaude-
ment félicité en traitant les autres de nuls. Et en
face de lui, j'oscillais entre l'envie de lui ressembler
et la jalousie.

Je pourrais parler dans les mêmes termes de son
physique. À en croire les autres, je lui ressemblais,
mais il était beaucoup plus beau que moi. Comme
la fortune que lui avait léguée son père et que, malgré des faillites répétées, il n'avait pas réussi à épui-
ser, son physique avantageux lui avait grandement
facilité la vie. Si bien que même dans les moments
les plus sombres, il ne se départait jamais d'un optimisme bon enfant, de son incroyable confiance en
soi, et d'une bienveillance ingénue qui faisaient
de lui quelqu'un à part. La vie, pour lui, n'était pas
à mériter à la sueur de son front mais à savourer. À
ses yeux, le monde n'était pas un champ de bataille
mais une aire de jeux et de divertissement ; et avec
l'âge, il éprouvait un léger remords de n'avoir su,
autant qu'il l'aurait souhaité, ajouter le pouvoir et
la célébrité à la fortune, l'intelligence et la beauté
dont il avait largement profité dans sa jeunesse.
Mais finalement, il ne s'en frappait pas plus que de
tout le reste. Il pouvait écarter d'un revers de main
ses regrets et ses frustrations, avec la même aisance
enfantine que celle dont il usait pour se libérer
d'une personne, d'un bien immobilier ou d'une
question qui lui posait problème. À partir de la

trentaine, sa vie avait entamé la pente descendante sous la forme d'une succession de déceptions, et pourtant je ne l'ai guère entendu se plaindre. Un célèbre critique, avec lequel mon père avait dîné dans ses vieux jours, s'était écrié sur un ton quelque peu agacé, en me voyant, plus tard : « Ton père n'a aucun complexe ! »

Cette joie de vivre et cet optimisme à la Peter Pan l'ont tenu à l'écart des passions et des ambitions. Bien qu'il ait beaucoup lu, caressé le rêve de devenir poète et traduit nombre de poèmes de Valéry, je pense qu'il était trop bien dans sa peau, trop sûr de lui et optimiste pour se lancer dans les affres de la création littéraire. Il avait une bonne bibliothèque qu'il aimait me voir piller quand j'étais adolescent. Mais il ne lisait pas avec l'avidité et la nerveuse jubilation qui me caractérisaient ; il lisait en savourant son plaisir, en laissant vagabonder ses pensées, et abandonnait la plupart des livres en cours de route. Comme d'autres pères parlaient des pachas ou des grandes figures religieuses, le mien me parlait de Sartre et de Camus (un écrivain avec lequel il avait plus d'affinités) qu'il avait vus lors de ses escapades à Paris, et ces histoires ont eu une profonde influence sur moi. Des années plus tard, lorsque j'ai rencontré Erdal Inönü[1] (un ami d'enfance de mon père, avec qui il avait fait ses études à l'université polytechnique) à l'occasion du vernissage d'une exposition, il m'a raconté, le

1. Son père, Ismet Inönü, avait succédé à Mustafa Kemal Atatürk à la présidence de la République *(N.d.T.)*.

sourire aux lèvres, un dîner familial dans le palais
présidentiel de Çankaya à Ankara, où mon père,
alors âgé de vingt ans, était invité. Lorsque Ismet
Pacha amena la conversation sur la littérature,
mon père demanda : « Pourquoi n'avons-nous pas
d'écrivains mondialement connus ? » Dix-huit ans
après la publication de mon premier roman, mon
père, légèrement timide et confus, m'a remis une
petite valise. Je sais très bien pourquoi les journaux
intimes, les poèmes, les textes littéraires et les
notes que j'ai trouvés à l'intérieur m'ont mis mal
à l'aise : ils témoignaient d'une vie qui m'échap-
pait. Il nous est difficile d'accepter que notre père
ait une individualité propre, nous voudrions qu'il
soit conforme à l'image paternelle que nous en
avons.

J'aimais qu'il m'emmène au cinéma, j'aimais
l'écouter parler à un tiers du film que nous avions
vu ; j'aimais sa façon de se moquer des imbéciles,
des gens creux et teigneux, comme j'aimais
l'entendre parler d'une nouvelle variété de fruit,
d'une ville qu'il avait visitée, d'un livre ou des
dernières nouvelles, mais je voulais surtout qu'il
me cajole et m'aime encore plus. J'aimais qu'il
m'emmène faire des balades en voiture, car tant
que nous partions ensemble, j'étais sûr, au moins
durant un moment, qu'il ne disparaîtrait pas.
Comme il conduisait, nous ne pouvions pas nous
regarder dans les yeux, si bien qu'il me parlait
comme à un ami et pouvait aborder les sujets les
plus délicats et les plus difficiles. Après m'avoir
raconté des tas de choses, il lançait quelques plai-

santeries, tournait le bouton de la radio et se mettait à parler musique.

Mais ce que j'aimais par-dessus tout, c'était être
près de lui, sentir sa présence à mes côtés. Quand
j'étais au lycée et même dans mes premières
années d'université, dans les moments les plus
tristes, les plus dépressifs de ma vie, j'aurais aimé,
bien malgré moi, qu'il revienne à la maison et nous
raconte quelque chose qui nous mette de bonne
humeur, ma mère et moi. Quand j'étais enfant,
j'aimais beaucoup m'asseoir sur ses genoux ou
m'allonger près de lui, sentir son odeur et le toucher. Plus petit encore, je me rappelle comment, à
Heybeliada, il m'avait appris à nager : il me retenait
quand je m'enfonçais dans l'eau en me débattant
frénétiquement, et je me réjouissais non seulement
parce que je pouvais enfin reprendre mon souffle
mais aussi parce que je pouvais me serrer très fort
contre lui, et pour ne pas me remettre à couler, je
criais : « Papa, ne me laisse pas ! »

Mais il nous laissait. Il partait au loin, vers
d'autres pays, vers d'autres endroits, vers des coins
du monde que nous ne connaissions pas. Quand
il lisait, allongé sur le canapé, il relevait parfois
les yeux de sa page et laissait distraitement vagabonder ses pensées. Je sentais alors qu'à l'intérieur de cet homme, dont je ne connaissais que
l'aspect paternel, se trouvait une tout autre personne, un monde que je ne pouvais atteindre et, me
doutant qu'il devait rêver d'une autre vie, je cédais
à l'inquiétude. « J'ai l'impression d'être une balle
tirée pour rien », disait-il parfois. Je ne sais

pourquoi, ces mots me mettaient en colère. Beaucoup d'autres choses chez lui me poussaient à
bout. Je ne saurais dire lequel des deux avait tort
ou raison. Peut-être que je désirais m'échapper
moi aussi. Malgré tout, lorsqu'il mettait la cassette
de la *Première Symphonie* de Brahms, j'adorais le
voir jouer les chefs d'orchestre et agiter une
baguette imaginaire. Mais il m'exaspérait quand,
après une vie d'insouciance passée à courir les plai-
sirs et à fuir les désagréments, il cherchait, avec
une malice enfantine et désinvolte, à tenir les
autres pour responsables du fait qu'il avait perdu
son temps en futiles divertissements. À vingt ans, il
m'est arrivé de me dire que je ne voulais surtout
pas lui ressembler. D'autres fois, j'étais tourmenté
et furieux de ne pouvoir être aussi heureux et
insouciant que lui, ni aussi séduisant et bien dans
ma peau.

Beaucoup plus tard, lorsque tout cela ne fut plus
que du passé, la colère teintée de jalousie que
j'éprouvais envers ce père feu follet, qui jamais ne
m'avait écrasé ni blessé, se mua peu à peu en une
acceptation résignée de l'incontestable ressem-
blance qui existait entre nous. Désormais, quand je
maugrée contre un imbécile, quand je fais une
remarque au serveur dans un restaurant, quand je
me ronge la lèvre inférieure, quand je relègue dans
un coin certains livres sans les terminer, quand
j'embrasse ma fille, quand je sors de l'argent de ma
poche, quand je salue quelqu'un d'une joyeuse plai-
santerie, je me surprends à l'imiter. Ce n'est pas
parce que mes mains, mes bras, mes jambes ou le

grain de beauté sur mon dos ressemblent aux siens. Cela provient de quelque chose qui me fait peur — qui me terrifie — et me rappelle le terrible désir que j'avais, enfant, de lui ressembler : la mort de chaque homme commence avec celle de son père.

Regarder par la fenêtre

I

Quand on n'a rien à regarder ni aucune histoire à écouter, le temps est long. Dans mon enfance, pour conjurer l'ennui, soit on écoutait la radio, soit on se postait devant les fenêtres à regarder les passants ou l'intérieur des appartements d'en face. À cette époque, en 1958, il n'y avait pas la télévision en Turquie. Nous employions la même formule optimiste que pour les films cultes de Hollywood qui mettaient deux ou trois ans avant d'arriver sur les écrans d'Istanbul : elle n'était « pas encore arrivée ».

Regarder par la fenêtre était tellement ancré dans les habitudes que lorsque la télévision, enfin, arriva en Turquie, on s'installa de la même façon devant le petit écran. Mon père, mon oncle et ma grand-mère continuèrent à discuter, à se disputer et à se raconter ce qu'ils voyaient sans se regarder, exactement comme quand ils se tenaient devant les fenêtres.

« S'il continue à neiger de la sorte, ça va vraiment tenir », disait ma tante, les yeux rivés sur les
flocons qui tombaient depuis la matinée.

« Le marchand de *helva* est revenu à l'angle de
Nişantaşı ! » disais-je en regardant de l'autre
fenêtre l'avenue où passait le tramway.

Le dimanche, nous montions tous ensemble,
avec mes oncles et mes tantes, à l'étage de ma
grand-mère pour déjeuner avec elle. Je regardais
par la fenêtre en attendant que les plats arrivent
et qu'on passe à table. J'étais tellement heureux
d'être au milieu de la foule des familles maternelle
et paternelle réunies que le grand salon, auquel je
tournais le dos, et la pâle lumière du plafonnier en
cristal suspendu au-dessus de la table me donnaient l'impression de prendre vie. Le salon de ma
grand-mère n'était pas plus sombre que les autres
étages, mais il me semblait encore plus obscur que
notre appartement. Sans doute à cause des voi-
lages et des lourds rideaux qui dessinaient des
ombres effrayantes aux coins des portes-fenêtres
donnant sur le balcon mais constamment fermées. C'était peut-être aussi à cause des paravents
incrustés de nacre, des coffres anciens, des tables
massives, des guéridons et du vieux piano à queue
couvert de photos encadrées, à cause des pièces
saturées d'une foule d'objets divers où régnait une
odeur de poussière et de renfermé qu'il m'apparaissait ainsi.

Après le déjeuner, mon oncle était passé dans
une des pièces obscures attenantes à la salle à manger pour fumer, lorsqu'il annonça : « J'ai un billet

pour le match, mais je ne peux pas y aller. Votre père n'a qu'à vous y emmener.

— Papa, emmène-nous au match, lança aussitôt mon grand frère d'une autre pièce.

— Ça leur fera prendre l'air, approuva ma mère du salon.

— Sors avec les enfants, toi, rétorqua mon père à ma mère.

— Je vais chez ma mère, répondit-elle.

— On ne veut pas aller chez grand-mère, dit mon grand frère.

— Je peux vous prêter la voiture, dit mon oncle.

— Allez, Papa, s'il te plaît ! » dit mon frère.

Un long, un étrange silence se fit. On eût dit que tous les gens assis dans le salon jaugeaient mon père en silence et que mon père sentait ce qu'on pensait.

« Tu me prêtes ta voiture, alors ? » finit-il par lancer à mon oncle.

Peu après, de retour à notre étage, ma mère nous obligea à enfiler deux couches de pull-overs et d'épaisses chaussettes de laine tandis que mon père faisait les cent pas dans le couloir en tirant sur sa cigarette. La Dodge de mon oncle, modèle 52 et « d'un élégant vert pâle », était garée devant la mosquée de Teşvikiye. Mon père nous autorisa à nous asseoir tous les deux à l'avant et le moteur démarra au premier tour de clef.

Il n'y avait pas de file d'attente devant le stade. « Deux billets, pour un enfant de huit ans et l'autre de dix ans », dit mon père à l'homme posté devant les tourniquets. Nous entrâmes, sans oser le regarder dans les yeux. Nous trouvâmes tout de suite des places dans les tribunes.

Les équipes étaient déjà sur le terrain boueux et je m'absorbai dans le spectacle des footballeurs en shorts blancs, en train de faire des mouvements et de courir à petites foulées pour s'échauffer.

« Regarde, c'est Küçük Mehmet, dit mon frère en montrant un joueur du doigt. Il vient de l'équipe junior.

— On sait. »

Le match commença et, un long moment durant, nous sommes restés muets. Au bout d'un certain temps, mon esprit se mit à vagabonder. Pourquoi les footballeurs sont-ils tous habillés sur le même modèle alors qu'ils portent des noms si différents ? J'imaginai que c'étaient leurs noms, et non les footballeurs qui couraient sur le terrain. Peu à peu, leurs shorts se maculèrent de boue. Puis, je contemplai avec curiosité la cheminée d'un bateau qui traversait lentement le Bosphore au-delà des tribunes. Il n'y eut aucun but jusqu'à la mi-temps. Nous achetâmes trois cornets de pois chiches grillés et trois *pide*[1] au fromage.

« Papa, je ne vais pas pouvoir terminer, dis-je en montrant la *pide* que j'avais dans les mains.

— Laisse-la ici, dit-il. Personne ne verra. »

Durant la mi-temps, tout le monde se leva, et fit des mouvements pour se réchauffer. Imitant notre père, nous avions enfoncé nos mains dans les poches de nos pantalons et, le dos tourné au ter-

---

1. *Pide* : sorte de pizza à pâte épaisse. *(N.d.T.)*

rain, nous regardions les autres spectateurs quand une voix appela mon père. Pour signifier qu'il n'entendait pas à cause du bruit, mon père porta la main à son oreille.

« Je ne peux pas venir, dit-il en nous montrant, j'ai les enfants. »

L'homme portait une écharpe violette. Se faufilant entre les rangs, enjambant les dossiers, il se fraya un chemin parmi la foule et vint nous rejoindre.

« C'est à toi, ces gamins ? dit-il après avoir embrassé mon père avec effusion. Mon Dieu, comme ils sont grands, je n'arrive pas à y croire. »

Mon père ne répondit rien.

« Tu les as faits quand, ces enfants ? demanda l'homme en nous regardant avec étonnement. Tu t'es marié tout de suite après l'école ?

— Oui », répondit mon père sans le regarder.

Ils échangèrent encore quelques mots. L'homme à l'écharpe violette nous mit dans la main une cacahuète avec la coque. Lorsqu'il partit, mon père reprit sa place et resta longtemps silencieux.

Les équipes déboulaient à nouveau sur le terrain avec des shorts propres quand mon père nous dit : « Allez, on rentre à la maison. Vous avez froid.

— Je n'ai pas froid, moi, dit mon frère.

— Si, vous êtes gelés, répliqua mon père. Ali aussi a froid. Allez, levez-vous. »

Tandis que nous sortions des rangs en cognant des genoux et en écrasant des pieds, nous marchâmes sur la *pide* que j'avais abandonnée. Dans les escaliers, nous entendîmes le sifflet de l'arbitre marquer la reprise de la seconde mi-temps.

« Tu avais froid, toi ? me demanda mon frère. Alors, pourquoi tu ne l'as pas dit que tu n'avais pas froid ? » Je me tus. « Idiot », dit mon frère.

« Nous écouterons la fin du match à la radio, dit mon père.

— Mais ce match n'est pas retransmis à la radio, objecta mon frère.

— Taisez-vous, coupa mon père. Au retour, je vous ferai passer par Taksim. »

Nous nous tûmes. Après avoir dépassé la place, comme nous l'avions supposé, mon père gara la voiture juste avant le guichet des paris hippiques. « N'ouvrez à personne, dit-il. Je reviens tout de suite. »

Il sortit. Avant qu'il ne verrouille les portes de l'extérieur, nous avions déjà appuyé sur les boutons, de l'intérieur. Mais mon père n'alla pas au guichet des courses ; il courut à l'autre bout de l'avenue pavée. Là-bas, il entra dans un magasin ouvert le dimanche et dont les vitrines arboraient de grands avions en plastique, des images de bateaux et de paysages ensoleillés.

« Où Papa est-il allé ?

— Quand nous serons à la maison, nous jouerons à dessus-dessous », dit mon frère.

Quand mon père revint, mon frère était en train de s'amuser avec la boîte de vitesses. De retour à Nişantaşı, nous laissâmes la voiture devant la mosquée. Alors que nous passions devant la boutique d'Alaaddin, mon père nous lança : « Je vais vous acheter quelque chose ! Mais ne me demandez pas une fois de plus la collection Personnages célèbres. »

Nous nous sommes mis à trépigner : « Oh, Papa, s'il te plaît ! »

Mon père entra dans la boutique d'Alaaddin et en revint avec, pour chacun, une dizaine de chewing-gums de la collection Personnages célèbres. Nous rentrâmes à la maison et, dans l'ascenseur, j'étais tellement excité que j'ai été pris d'une terrible envie de faire pipi. Il faisait bon à l'intérieur, ma mère n'était pas encore rentrée. Nous ouvrîmes avec impatience les chewing-gums et jetâmes le papier par terre.

Résultat : j'ai eu deux Fevzi Çakmak Paşa, un Charlot, le champion de lutte Hamit Kaplan, Ghandi, Mozart, de Gaulle, deux Atatürk et un Greta Garbo n° 21 que mon frère n'avait pas. Ainsi, j'étais à la tête de cent soixante-treize images de la collection Personnages célèbres, mais il m'en manquait encore vingt-sept. Mon frère avait eu quatre maréchal Fevzi Çakmak Paşa, cinq Atatürk et un Edison. Nous portâmes un chewing-gum à la bouche et commençâmes à lire ce qui était écrit au verso des images.

Maréchal Fevzi Çakmak

Général pendant la guerre de l'Indépendance
(1876-1950)
INDUSTRIE MAMBO CHEWING-GUM
ET CONFISERIES
Complète la collection
des 100 personnages célèbres
et gagne un ballon de football en cuir.

Mon frère réunit en une liasse les cent soixante-cinq images qu'il avait collectionnées jusqu'alors.

« On joue à dessus-dessous ? proposa-t-il.

— Non.

— Est-ce que tu échanges ta Greta Garbo contre mes douze Fevzi Çakmak ? demanda-t-il. Ça te ferait un total de cent quatre-vingt-quatre images.

— Non.

— Mais tu en as deux, de Greta Garbo. »

Je ne répondis rien.

« Demain, quand on nous fera le vaccin, tu vas avoir très mal, dit-il. Ce ne sera pas la peine de venir me trouver, compris ?

— Je n'en ai pas l'intention. »

Nous dînâmes en silence. Nous écoutâmes « Le Monde du sport » jusqu'à ce que le journaliste nous apprenne que le match s'était terminé sur un score de deux à deux ; puis notre mère vint dans notre chambre pour nous mettre au lit. Mon frère préparait son cartable ; je courus au salon. Mon père était devant la fenêtre et regardait la rue.

« Papa, demain je ne veux pas aller à l'école.

— Qu'est-ce que tu me chantes là ?

— Demain, ils vont nous vacciner, expliquai-je. Ça me donne de la fièvre, je ne peux plus respirer. Demande à Maman. »

Il me regardait sans rien dire. Je courus vers le tiroir chercher un papier et un stylo.

« Est-ce que ta mère est au courant ? demanda-t-il en posant le papier sur le Kierkegaard qu'il lisait continuellement sans toutefois parvenir à le terminer. Tu iras à l'école, mais tu ne seras pas vacciné, dit-il. C'est ce que j'écris. »

Il signa. Je soufflai sur l'encre, pliai la lettre et la fourrai dans ma poche. Je courus dans ma chambre pour la mettre dans mon cartable et je me mis à sauter sur mon lit.

« Ne t'excite pas comme ça, dit ma mère. Il faut dormir maintenant. »

II

C'était à l'école, tout de suite après le déjeuner. Tous les élèves de la classe étaient en rangs deux par deux, et nous redescendions au réfectoire à l'odeur infecte pour nous faire vacciner. Certains pleuraient, d'autres attendaient avec anxiété. En sentant les effluves de teinture d'iode qui s'exhalaient du bas, le rythme de mon cœur s'accéléra. Je sortis du rang et me dirigeai vers l'institutrice qui se tenait à l'entrée de l'escalier. Toute la classe passa bruyamment devant nous.

« Oui, qu'est-ce qu'il y a ? » demanda l'institutrice.

Je sortis de ma poche la lettre que mon père avait écrite et la lui tendis. Elle la lut d'un air renfrogné. « Ton père n'est pas médecin, à ce que je sache, dit-elle, puis elle réfléchit un instant. Monte. Va attendre dans la salle 2-A. »

Il s'y trouvait six ou sept autres enfants,

« excusés », comme moi. L'un d'eux regardait par la fenêtre d'un air effrayé. Un brouhaha incessant de pleurnicheries et de précipitation nous parvenait du couloir. Un petit gros à lunettes lisait *Kinova* en grignotant des pépites de tournesol. La porte s'ouvrit et l'assistant du directeur Seyfi Bey entra avec sa tête de mort.

« Il se peut que certains d'entre vous soient réellement malades ou susceptibles de présenter des réactions au vaccin, dit-il. Qu'ils ne prennent donc pas pour eux ce que je vais dire. Mais je m'adresse à ceux qui cherchent à y échapper sous de fallacieux prétextes. Vous allez tous grandir, servir votre nation et peut-être mourir pour elle… Ceux qui aujourd'hui fuient ce vaccin sans raison valable deviendront des traîtres à la patrie. Honte à vous ! »

Il y eut un long silence. Nous regardâmes le portrait d'Atatürk, et nos yeux se remplirent de larmes.

Nous retournâmes ensuite dans notre classe sans nous faire remarquer. Les enfants qui avaient été vaccinés commençaient à revenir en se bousculant et avec une tête de trois pieds de long, qui les manches retroussées, qui les yeux embués de larmes.

« Ceux qui habitent près d'ici peuvent partir, dit l'institutrice. Ceux qui n'ont personne pour venir les chercher attendront la sonnerie. Ne vous tapez pas comme ça sur l'épaule ! Demain, il n'y a pas d'école. »

Tout le monde se mit à crier. En passant le porche d'entrée, certains se tenaient le bras, d'autres s'arrêtaient pour montrer les traces de teinture d'iode au gardien Hilmi Efendi.

Dès que je me retrouvai dans la rue avec mon cartable à la main, je me mis à courir. Une voiture à cheval bloquait la circulation devant la boucherie Karabet, je passai donc sur le trottoir d'en face en slalomant entre les voitures pour rejoindre notre immeuble. Je filai devant la fabrique de Hayri et le fleuriste Salih. Ce fut notre portier, Hazım Efendi, qui ouvrit la porte.

« Qu'est-ce que tu fais à la maison à cette heure-ci ? demanda-t-il.

— On nous a vaccinés, répondis-je. Ils nous ont laissés partir plus tôt.

— Où est ton frère ? Tu es revenu tout seul ?

— J'ai traversé tout seul la voie du tramway. Demain, il n'y a pas école.

— Ta mère est sortie. Monte chez ta grand-mère.

— Je suis malade, dis-je. Je veux rentrer chez nous. Ouvre-moi la porte. »

Il saisit la clef sur le mur et nous prîmes l'ascenseur. Le temps de monter jusqu'à notre étage, la fumée de sa cigarette avait complètement rempli la cabine et me brûlait les yeux. Il ouvrit la porte de notre appartement.

« Ne joue pas avec les prises électriques », dit le gardien en partant et refermant la porte sur lui.

La maison était vide mais je criai quand même : « Y a quelqu'un ? Y a-t-il quelqu'un dans cette maison ? » Je balançai mon cartable, j'ouvris le tiroir de mon frère et commençai à regarder la collection de tickets de cinéma qu'il ne m'avait pas montrée. Puis je me plongeai dans le cahier où il collait les photos de matchs de foot qu'il découpait dans les journaux, si bien que lorsque la clef tourna dans la serrure, je paniquai. Au bruit des pas, je compris que ce n'était pas ma mère ; c'était mon père. Je replaçai soigneusement les tickets de cinéma et le cahier de mon frère dans leur tiroir, de façon qu'il ne s'aperçoive de rien.

Mon père entra dans sa chambre à coucher, ouvrit son armoire et regarda à l'intérieur.

« Tu es là, toi ? dit-il.

— Non, je suis à Paris, répondis-je comme on disait à l'école.

— Tu n'es pas allé à l'école aujourd'hui ?

— Si, mais c'était la journée du vaccin.

— Ton frère n'est pas là ? demanda-t-il. Va dans ta chambre et tiens-toi tranquille. »

Je m'exécutai. Je posai mon front contre la vitre et regardai par la fenêtre. D'après les bruits qui me parvenaient, je compris que mon père prenait une de ses valises dans le placard du couloir. Il retourna dans sa chambre. Il avait commencé à sortir ses vestons et ses pantalons de l'armoire ; je le savais, au cliquetis des cintres. Il se mit à ouvrir et refermer les tiroirs où il rangeait ses caleçons, ses chemises et ses chaussettes. Je l'entendis les mettre dans sa valise. Il se dirigea vers la salle de bains et en ressortit. Il pressa les fermoirs de sa valise et la verrouilla. Il vint me rejoindre dans ma chambre.

« Qu'est-ce que tu fais ?

— Je regarde par la fenêtre.

— Viens un peu par là », dit-il.

Il me prit dans ses bras et, durant un long moment,

nous regardâmes ensemble par la fenêtre. La cime des hauts cyprès qui s'élevaient devant l'immeuble d'en face s'agitait lentement sous l'effet du vent. J'aimais bien sentir l'odeur de mon père.

« Je pars loin, dit-il en m'embrassant. Ne dis rien à ta mère. Je le lui dirai moi-même, plus tard.

— En avion ?

— Oui, dit-il. À Paris. N'en dis rien à personne. » Il sortit un grand billet de deux lires et demie et me le donna. « Ça aussi, n'en parle pas, dit-il, en m'embrassant à nouveau. Ne dis pas non plus que tu m'as vu ici... »

Je fourrai l'argent dans ma poche. Mon père me déposa à terre et, quand il prit sa valise, je lui dis : « Papa, ne pars pas. » Il m'embrassa encore une fois et s'en alla.

De la fenêtre, je le regardai s'éloigner. Il fit quelques pas en direction de la boutique d'Alaaddin, puis héla un taxi. Avant de s'engouffrer dans la voiture, il leva les yeux vers l'immeuble et me fit signe de la main. Je lui répondis, et la voiture démarra.

Je restai longtemps à regarder l'avenue déserte. Un tramway passa, puis la voiture à cheval du porteur d'eau. J'appuyai sur la sonnette et appelai Hazım Efendi.

« C'est toi qui as sonné ? demanda-t-il en arrivant. Ne joue pas avec la sonnette.

— Tiens, prends ces deux lires et demie ! Va à la boutique d'Alaaddin et achète-moi dix chewing-gums de la collection Personnages célèbres. Tu me rapporteras les cinquante centimes de monnaie.

— C'est ton père qui t'a donné cet argent ? Il ne faudrait pas que ta mère se fâche. »

Je ne répondis rien et il partit. Par la fenêtre, je le regardai entrer dans la boutique d'Alaaddin. Il en ressortit peu après et, sur le chemin du retour, il croisa le gardien de l'immeuble Marmara sur le trottoir d'en face et s'arrêta pour discuter avec lui.

Quand il fut revenu, il me rendit la monnaie. J'ouvris immédiatement les chewing-gums : encore trois maréchal Fevzi Çakmak, un Atatürk, un Lindbergh, un Léonard de Vinci, Soliman le Magnifique, Churchill, le général Franco et encore Greta Garbo, l'image n° 21 qui manquait à mon frère. C'est ainsi que je fus à la tête de cent quatre-vingt-trois images. Mais pour avoir la série complète des cent célébrités, il m'en manquait encore vingt-six.

Je contemplai ma première image n° 91, qui montrait Lindbergh devant l'avion à bord duquel il avait traversé l'Atlantique, quand j'entendis une clef tourner dans la serrure. Ma mère ! Je ramassai tous les papiers de chewing-gums que j'avais jetés par terre et les jetai dans la poubelle.

« On s'est fait vacciner, je suis rentré tôt, lui dis-je aussitôt. Typhoïde, typhus, tétanos.

— Où est ton frère ?

— Leur classe n'a pas encore été vaccinée, répondis-je. Ils nous ont dit de rentrer chez nous. J'ai traversé la rue tout seul.

— Tu as mal ? »

Je ne dis rien. Un peu plus tard, mon frère revint. Il avait mal, il s'allongea sur son lit, du côté où il n'avait pas été vacciné et il s'endormit, la mine défaite. Lorsqu'il se réveilla, la nuit était tombée.

« Maman, ça fait très mal, dit-il.

— Vous allez sûrement avoir de la fièvre ce soir, dit ma mère qui repassait dans une autre pièce. Ali, tu as mal, toi aussi ? Restez couchés, et tenez-vous tranquilles. »

Nous nous sommes couchés sans broncher. Après avoir un peu somnolé, mon frère commença à lire la page Sports et me dit qu'à cause de moi nous avions raté les quatre buts du match d'hier.

« Si nous n'avions pas quitté le stade, qui sait, peut-être que ces buts n'auraient pas existé, dis-je.

— Quoi ? »

Après avoir encore un peu dormi, mon frère me proposa d'échanger six Fevzi Çakmak et quatre Atatürk contre une Greta Garbo et d'autres images en ma possession. Je refusai.

« On joue à dessus-dessous ? dit-il ensuite.

— D'accord. »

Vous prenez tout le jeu des images de la collection Personnages célèbres entre vos paumes. Vous demandez : « Dessus ou dessous ? » Si l'autre dit : « Dessous », vous prenez l'image qui est en dessous de la pile et la regardez, par exemple la n° 68, Rita Hayworth. Au-dessus, disons qu'il y a la n° 18, le poète Dante. C'est donc le dessous qui l'emporte et vous lui donnez l'image que vous aimez le moins, ou celle que vous avez en plusieurs exemplaires. Les images du maréchal Fevzi Çakmak ne cessèrent d'aller et venir entre nous deux jusqu'à l'heure du dîner :

« L'un de vous veut bien monter jeter un œil, demanda ma mère, peut-être que votre père est arrivé. »

Nous montâmes tous les deux. Mon oncle était assis avec ma grand-mère, ils discutaient en fumant. Mon père n'était pas là. Nous écoutâmes les informations à la radio et lûmes la page Sports des journaux. Quand ma grand-mère s'installa pour dîner, nous redescendîmes.

« Où étiez-vous passés ? s'exclama ma mère. Vous n'avez pas mangé là-haut, j'espère. Je vais vous servir votre soupe aux lentilles, commencez doucement à manger en attendant que votre père arrive.

— Il n'y a pas de pain grillé ? » demanda mon frère.

Ma mère nous regarda pendant que nous mangions notre soupe en silence. Je comprenais à son maintien et à sa façon de ne pas nous lâcher du regard qu'elle avait l'oreille tendue vers l'ascenseur. « Vous en revoulez ? » demanda-t-elle lorsque nous eûmes terminé notre assiette, et elle jeta un œil au fond de la casserole. « Je ferais mieux de manger, moi aussi, avant que ça ne refroidisse. » Mais elle se leva, se dirigea vers la fenêtre qui donnait sur la place de Nişantaşı et regarda un moment en silence. Elle regagna la table et commença à manger sa soupe. Nous étions en train de discuter du match de la veille, mon frère et moi, lorsque ma mère nous dit : « Taisez-vous un peu ! Ce n'est pas l'ascenseur ? »

Nous tendîmes tous l'oreille en silence. Ce n'était

pas l'ascenseur. Un tramway rompit le silence ; il passa en faisant trembler la table, les verres et l'eau dans la carafe. Tandis que nous mangions notre orange, nous entendîmes vraiment l'ascenseur. Il approchait… il approchait mais, au lieu de marquer l'arrêt, il continua sa route jusqu'à l'étage de ma grand-mère. « Il est allé au-dessus », souffla ma mère.

« Emportez vos assiettes à la cuisine, nous dit-elle, une fois le repas terminé. Mais laissez celle de votre père. »

Nous débarrassâmes la table et l'assiette propre de mon père resta longtemps sur la nappe.

Ma mère s'approcha de la fenêtre qui donnait sur le commissariat, et regarda dehors un long moment. Puis, subitement, l'air déterminé, elle débarrassa le couvert de mon père. Elle ne fit pas la vaisselle. « Je monte chez votre grand-mère, dit-elle, ne vous battez pas. »

Mon frère et moi reprîmes notre jeu.

« Dessus », dis-je la première fois.

Il retourna la carte qui était au-dessus du paquet et me la montra : « N° 34, le lutteur mondialement célèbre : Koca Yusuf. » Il regarda le dessous du paquet : « N° 50 : Atatürk ! Tu as perdu, donne-moi une image. »

Nous jouâmes ainsi un long moment et il continua à gagner. Il eut vite fait de me faucher dix-neuf de mes vingt et une images du maréchal Fevzi Çakmak et deux de mes Atatürk.

« Je ne joue plus, lançai-je, énervé. Je monte, je vais voir maman.

— Elle va se fâcher.

— Dis plutôt que tu as peur de rester tout seul à la maison. Poule mouillée ! »

Comme toujours, la porte de l'appartement de ma grand-mère était ouverte. Le dîner était terminé, le cuisinier Bekir faisait la vaisselle, mon oncle et ma grand-mère étaient assis l'un en face de l'autre. Ma mère était à la fenêtre donnant sur la place de Nişantaşı.

« Viens », dit-elle sans éloigner la tête de la vitre. J'allai me blottir entre la fenêtre et le corps de ma mère, comme si cet espace était prévu exprès pour moi. Serré contre elle, je me mis à regarder par la fenêtre, moi aussi. Ma mère posa la main sur ma tête et me caressa longuement les cheveux.

« Ton père est passé à la maison dans l'après-midi, il paraît que tu l'as vu, murmura-t-elle.

— Oui.

— Il a pris sa valise et il est parti. Hazım Efendi l'a vu.

— Oui.

— Mon chéri, est-ce qu'il t'a dit où il allait ?

— Non, répondis-je. Il m'a donné un billet de deux lires et demie. »

En bas, dans l'avenue, les boutiques obscures, les phares des voitures, l'emplacement vide où se tenait d'ordinaire l'agent de la circulation, les pavés mouillés, les inscriptions sur les panneaux publicitaires suspendus aux arbres, tout semblait isolé et triste. La pluie commença à tomber, ma mère me caressait toujours les cheveux.

C'est alors que je remarquai que la radio posée

entre le fauteuil de mon oncle et celui de ma grand-
mère, d'habitude tout le temps allumée, était silen-
cieuse et j'eus peur.

« Ma fille, ne restez pas là-bas, dit ma grand-
mère, venez vous asseoir près de nous, je vous en
prie. »

Mon frère aussi était monté.

« Allez dans la cuisine, nous intima mon oncle.
Bekir ! Fais un ballon à ces gamins, qu'ils jouent
dans le couloir. »

Dans la cuisine, Bekir venait de terminer la vaisselle. « Asseyez-vous là », nous dit-il. Il alla sur le
balcon fermé par une verrière et que ma grand-
mère avait transformé en serre, et il en revint avec
une pile de journaux qu'il commença à chiffonner,
à rouler et serrer en boule. Quand la boule devint
aussi grosse que le poing, il demanda : « C'est bon
comme ça ?

— Fais-la un peu plus grosse », dit mon frère.

Tandis que Bekir enveloppait de nouvelles
feuilles de papier journal autour de la balle, j'aperçus ma mère par l'entrebâillement de la porte, elle
était assise en face de ma grand-mère et de mon
oncle. Bekir prit de la ficelle dans le tiroir, et lia la
boule de papier en la serrant bien jusqu'à ce qu'elle
devienne aussi ronde que possible. Pour adoucir
les bords un peu saillants, il la mouilla légèrement
avec un chiffon humide, puis il la compressa à nouveau. Mon frère ne put résister à l'envie de la toucher.

« Ouah, elle est aussi dure qu'une pierre.

— Mets ton pouce là, s'il te plaît », dit Bekir.

Mon frère posa soigneusement le doigt sur la ficelle pour l'arrêter, Bekir y fit un dernier nœud et la balle fut prête. Il la lança en l'air et nous commençâmes à y donner des coups de pied.

« Allez jouer dans le couloir, dit Bekir. Si vous restez ici, vous allez tout casser. »

Pendant un long moment, nous avons investi toutes nos forces dans le jeu. Je me prenais pour Lefter de Fernerbahçe et je me contorsionnais comme lui. En faisant des passes contre le mur, je heurtai plusieurs fois le bras de mon frère, sensibilisé par le vaccin. Lui aussi me rentra dedans, mais je n'eus pas mal. Nous étions en sueur, la balle tombait en lambeaux, et j'étais en train de gagner cinq à trois quand je heurtai violemment le bras endolori de mon frère. Il se jeta à terre et se mit à pleurer.

« Quand la douleur sera passée, je vais te tuer », cria-t-il de là où il était allongé.

Il était surtout en colère parce qu'il perdait. Je retournai dans le salon, ma mère, ma grand-mère et mon oncle étaient passés dans le bureau. Ma grand-mère composait un numéro de téléphone.

« Allô, ma fille, dit-elle sur le ton qu'elle employait quand elle appelait ainsi ma mère. Je suis bien à l'aéroport de Yeşilköy ? Écoutez, ma fille, nous voudrions avoir quelques renseignements sur un passager qui s'est embarqué pour l'Europe dans la journée. » Elle donna le nom de mon père et pendant qu'elle attendait elle tortillait le cordon du téléphone autour de son doigt. « Apporte-moi mes cigarettes », dit-elle à mon oncle. Dès que mon oncle fut sorti, elle éloigna le combiné de son oreille. « S'il vous plaît, dites-moi, ma fille, demanda-t-elle à ma mère, vous devez le savoir. Est-ce qu'il y a une autre femme dans sa vie ? »

Je n'entendis pas la réponse de ma mère. Ma grand-mère la regardait comme si de rien n'était. Puis, la personne à l'autre bout de la ligne dit quelque chose et ma grand-mère s'emporta : « Ils ne peuvent pas nous donner de réponse », informa-t-elle mon oncle, qui revenait avec les cigarettes et un cendrier.

Mon oncle signala ma présence du regard à ma mère. Elle me prit par le bras et me traîna jusqu'au couloir. En me passant la main sur la nuque et dans le dos, elle vit que j'étais en nage mais elle ne se fâcha pas.

« Maman, j'ai mal au bras, gémit mon frère.

— Descendez, tous les deux. Je vais vous mettre au lit. »

De retour dans notre appartement, nous restâmes longtemps silencieux. Avant d'aller me coucher, une fois en pyjama, j'allai prendre un verre d'eau dans la cuisine et passai au salon. Ma mère, debout devant la fenêtre, fumait une cigarette. Elle ne m'entendit pas tout de suite.

« Tu vas attraper froid, pieds nus comme ça, dit-elle en me voyant. Ton frère s'est couché ?

— Il dort. Maman, je voudrais te dire quelque chose. » J'attendis que ma mère me fasse une place entre elle et la fenêtre où me blottir. « Papa est parti à Paris. Et tu sais quelle valise il a prise ? »

Elle ne répondit pas. Dans le silence de la nuit, nous restâmes un long moment à regarder la rue sous la pluie.

III

La maison de ma grand-mère maternelle était juste en face de la mosquée de Şişli, à l'avant-dernière station du tramway. La place — aujourd'hui cernée d'arrêts de minibus et d'autobus, d'une foule d'inscriptions, de magasins à plusieurs étages, de hauts bâtiments d'habitation et de bureaux où travaillent des masses de gens qui se déversent sur les trottoirs à la pause déjeuner et avancent en troupeau un sandwich à la main — était à l'époque à l'extrémité de la rive européenne d'Istanbul. Il nous fallait quinze minutes pour rejoindre à pied de chez nous cette vaste place couverte de pavés. Tandis que nous avancions en tenant la main de notre mère sous les mûriers et les tilleuls, nous avions soudain l'impression de toucher aux limites de la ville.

L'une des façades de l'étroit immeuble de quatre étages en pierre et en béton, qui se dressait comme une boîte d'allumettes, donnait à l'ouest, vers Istanbul, une autre à l'est, vers les collines couvertes de plantations de mûriers. Après la mort de son mari et le mariage de ses trois filles, ma grand-mère maternelle s'était retranchée dans une seule pièce de cette maison, remplie de fond en comble d'armoires, de tables, de guéridons, de pianos et de

divers objets. Ma grand-tante lui faisait préparer
ses repas et les lui apportait elle-même, ou bien elle
les faisait livrer par le chauffeur dans une gamelle.
Non seulement ma grand-mère maternelle ne prenait pas la peine de quitter sa chambre pour se
faire à manger dans la cuisine, deux étages plus
bas, mais elle ne mettait même pas les pieds dans
les autres pièces de la maison, envahies d'une
épaisse couche de poussière et de toiles d'araignée
soyeuses. Exactement comme sa propre mère, qui
avait passé les dernières années de sa vie seule
dans un grand *konak* en bois, ma grand-mère
maternelle avait attrapé l'étrange virus de la solitude. Elle ne permettait même pas à une garde-
malade ou une femme de ménage d'entrer dans la
maison.

Lorsque nous allions lui rendre visite, ma mère
pressait longuement la sonnette, elle tambourinait
sur la porte en fer jusqu'à ce que ma grand-mère
ouvre enfin les volets en fer rouillés de la fenêtre
du deuxième étage donnant sur la mosquée de
Şişli et, comme elle ne se fiait pas à ses yeux, qui
ne voyaient pas bien de loin, elle nous demandait
de lui faire signe de la main.

« Les enfants, sortez du couloir pour que votre
grand-mère vous voie », disait ma mère. Et, recu-
lant jusqu'au milieu du trottoir avec nous, elle agitait la main et appelait sa mère : « Maman, c'est
nous, moi et les enfants, tu nous entends ? »

Au doux sourire qui apparaissait sur son visage,
nous comprenions qu'elle nous avait reconnus.
Elle quittait immédiatement la fenêtre, tirait une

grande clef de sous son matelas et, après l'avoir
enveloppée dans une feuille de journal, elle nous la
lançait. Avec mon frère, c'était toujours à celui qui
l'attraperait en premier.

Comme il était ralenti par son bras encore dou-
loureux, je fus le premier à me saisir de la clef
tombée sur le trottoir et je la tendis à ma mère. Au
prix de quelques difficultés, elle réussit à la faire
tourner dans la serrure. Nous poussâmes tous
trois la grande porte en fer, qui s'entrouvrit, et de
l'obscurité nous parvint cette inimitable odeur de
moisi et de poussière, de vieux et de renfermé. Sur
le portemanteau tout près de la porte, il y avait le
manteau au col de fourrure, le chapeau de feutre
de mon grand-père ; ma grand-mère les avait pen-
dus là pour faire croire qu'il y avait un homme
dans la maison, à cause des cambrioleurs qui ten-
taient fréquemment leur chance et, dans un coin,
il y avait une paire de bottes qui m'effrayaient toujours un peu.

Peu après, en haut du raide et sombre escalier en
bois qui menait aux étages, très loin dans un halo
de lumière blanche, nous aperçûmes ma grand-
mère. Elle ressemblait à un fantôme avec sa canne
à la main, parfaitement immobile dans la clarté qui
filtrait par les vitres dépolies des portes Art déco.

Tandis qu'elle montait les marches grinçantes,
ma mère n'adressa pas un seul mot à ma grand-
mère. « Comment allez-vous, chère Maman ? »,
« Maman chérie, vous m'avez manqué, il fait très
froid dehors, ma petite Maman ! » disait-elle parfois. En haut des escaliers, j'embrassai la main de

ma grand-mère, en essayant de ne pas regarder son visage et l'énorme grain de beauté qu'elle avait sur le poignet. Mais nous étions tout de même effrayés par sa bouche, où il ne restait plus qu'une seule dent, son long menton et les poils de son visage, si bien qu'une fois dans sa chambre, mon frère et moi nous blottissions contre notre mère. Ma grand-mère regagna le vaste lit où elle passait une grande partie de ses journées dans sa longue chemise de nuit et son gilet de laine, et elle nous regarda en souriant, l'air de dire : « Allez, distrayez-moi un peu maintenant. »

« Votre poêle ne chauffe pas bien, chère Maman », dit ma mère. Elle prit le tisonnier et remua le charbon.

Ma grand-mère la regarda faire, puis elle s'impatienta : « Laisse donc ce poêle pour l'instant. Donne-moi plutôt des nouvelles. Que se passe-t-il dans le monde ?

— Rien ! répondit ma mère en venant se rasseoir près de nous.

— Tu n'as rien à me raconter ?

— Rien du tout, ma petite Maman. »

Après un court silence, ma grand-mère demanda : « Tu n'as vu personne ?

— Tu le sais bien, chère Maman.

— Pour l'amour du ciel, tu n'as pas la moindre nouvelle à me donner ? »

Un silence se fit.

« Grand-mère, à l'école, on nous a vaccinés, dis-je.

— Ah bon ? lança ma grand-mère en ouvrant

tout grands ses yeux bleus, l'air surprise. Ça vous a fait mal ?

— Moi, j'ai encore mal au bras, dit mon frère.

— Oh, pauvre chéri », répondit ma grand-mère en souriant.

Il y eut à nouveau un long silence. Mon frère et moi nous levâmes et par la fenêtre nous regardâmes les collines dans le lointain, les mûriers et le vieux poulailler abandonné dans le jardin derrière l'immeuble.

« Tu n'as aucune histoire à me raconter ? sembla presque supplier ma grand-mère. Tu vas bien voir ta belle-mère à l'étage du dessus. N'y a-t-il aucune visite ?

— Dilruba Hanım est venue hier après-midi, répondit ma mère. Elles ont joué au bésigue. »

D'un ton réjoui, notre grand-mère maternelle prononça alors la phrase que nous attendions :

« C'est bien une femme de palais ! »

Nous savions qu'elle ne parlait pas de ces châteaux occidentaux couleur crème à propos desquels j'avais déjà lu tant de choses dans les journaux et les livres de contes, mais du palais de Dolmabahçe. Ce n'est que des années plus tard que je me suis rendu compte que ma grand-mère maternelle nourrissait un certain mépris non seulement envers Dilruba Hanım — qui sortait du harem du dernier sultan et qui, avant d'épouser un homme d'affaires, n'était rien d'autre qu'une concubine — mais aussi envers ma grand-mère paternelle, qui s'était liée d'amitié avec cette femme. Puis, elle passa à un sujet qu'elle abordait avec ma mère à chacune de nos visites : ma grand-mère paternelle se rendait une fois par semaine à Beyoğlu, elle déjeunait seule dans un célèbre et onéreux restaurant appelé *Aptullah Efendi*, pour se répandre ensuite en récriminations sur tout ce qu'elle avait mangé. Quant au troisième sujet incontournable, elle l'attaqua en nous posant soudain cette question : « Les enfants, votre autre grand-mère vous fait-elle manger du persil ? » Nous répondîmes d'une seule voix ce que notre mère nous avait ordonné de dire : « Non, grand-mère, elle ne nous en donne pas. »

Comme toujours, notre grand-mère nous raconta comment elle avait vu un chat uriner sur des pieds de persil dans un jardin, qu'il y avait de fortes chances que ce même persil se retrouve à peine lavé dans l'assiette d'on ne sait quels inconscients, et comment elle s'en prenait aux marchands de fruits et de légumes de Şişli et de Nişantaşı qui osaient encore vendre du persil.

« Ma petite Maman, les enfants s'ennuient ; ils ont envie d'aller jeter un œil dans les autres pièces, je vais ouvrir la chambre d'en face », dit ma mère.

Ma grand-mère tenait toutes les portes de la maison fermées à clef de l'extérieur ; de sorte que si un voleur s'introduisait par la fenêtre d'une pièce, il ne pouvait pas en sortir. Ma mère ouvrit la porte de la grande chambre, humide et froide, qui donnait sur la ligne du tramway et elle resta un instant à regarder tristement avec nous les fauteuils et les divans recouverts de draps blancs, les lampes, les guéridons et les coffres gris de poussière et piqués par la rouille, les piles de journaux jaunis, une bicyclette de fille avec un haut guidon appuyée contre un mur. Mais elle ne ressortit rien des coffres pour l'exhiber avec plaisir devant nous, comme elle le faisait dans ses moments de bonne humeur. (« Regardez, les enfants, ce sont les sandalettes que portait votre mère quand elle était petite ; ça, c'est le tablier d'écolière de votre tante ; vous voulez voir la tirelire qu'on m'a offerte quand j'étais enfant ? »)

« Venez nous rejoindre si vous avez froid », dit-elle, et elle sortit.

Mon frère et moi courûmes à la fenêtre regarder la mosquée et l'arrêt du tramway sur la place. Puis, nous lûmes les articles sur les matchs de foot dans les journaux.

« Je m'ennuie, finis-je par dire. On joue à dessus-dessous ?

— Notre lutteur vaincu n'a pas perdu le goût du combat, répondit mon frère sans lever la tête de son journal. Pour l'instant, je lis. »

Après la partie de la veille au soir, nous avions à nouveau joué ce matin et mon frère avait à nouveau constamment gagné.

« Allez, s'il te plaît.

— À une condition : si je gagne, tu me donneras deux images ; si tu gagnes, je ne t'en donnerai qu'une seule.

— Non.

— Dans ce cas, je ne joue pas, répondit mon frère. Comme tu vois, je lis le journal. »

Il prit son journal avec ostentation, comme le

détective anglais dans le film noir et blanc que nous avions vu récemment au cinéma Melek. Après avoir un peu regardé par la fenêtre, je me rendis aux conditions imposées par mon frère. Nous sortîmes notre collection Personnages célèbres de nos poches et commençâmes à jouer. D'abord, je gagnai, mais après, je perdis dix-sept images de plus.

« Quand on joue de cette façon, c'est toujours moi qui perds, m'écriai-je. Si on ne reprend pas les règles d'avant, j'arrête.

— Comme tu veux, dit mon frère sans se départir de ses grands airs de détective. De toute façon, je voulais lire les journaux. »

Je retournai me poster à la fenêtre. Je comptai soigneusement mes images : il m'en restait cent vingt et une. La veille, après le départ de mon père, j'en avais cent quatre-vingt-trois ! Mais je décidai de ne pas m'obstiner davantage et j'acceptai les conditions de mon frère.

Si je gagnai un peu au début, mon frère ne tarda pas à reprendre le dessus. Pour ne pas me mettre en colère, il n'eut même pas un sourire lorsqu'il ajouta aux siennes les images dont il me dépouillait.

« Si tu veux, on peut jouer avec d'autres règles, proposa-t-il un peu après. Le gagnant prendra une image. Si c'est moi qui gagne, je pourrai choisir une des tiennes. Parce qu'il y en a que je n'ai pas, et ce n'est jamais celles-là que tu me donnes. »

Pensant que la chance tournerait en ma faveur, j'acceptai. Je ne sais pas comment cela se produisit. Je perdis trois fois coup sur coup et avant

que je n'aie eu le temps de réaliser, je m'étais fait
chiper mes deux Greta Garbo n° 21 et mon roi
Faruk (n° 78) dont mon frère avait déjà un exemplaire. Je voulus prendre ma revanche et les récu-
pérer, le jeu devint tendu : c'est ainsi qu'un grand
nombre des images qui lui manquaient et dont je
possédais un seul exemplaire — Einstein (n° 63),
Mevlâna (n° 3), Sarkis Nazaryan (n° 100), le fon-
dateur de la confiserie industrielle Mambo, ainsi
que Cléopâtre (n° 51) — m'échappèrent en deux
parties.

Je n'arrivais même plus à avaler ma salive.
Comme j'avais peur de me mettre à pleurer, je courus à la fenêtre : le tramway approchant de la station, les lointains immeubles qu'on apercevait
entre les branches dénudées, le chien allongé sur
les pavés, qui se grattait d'un air nonchalant...
tout semblait si beau cinq minutes plus tôt ! Si
seulement le temps pouvait s'arrêter, si seulement
nous pouvions retourner cinq cases en arrière
comme quand nous jouions aux petits chevaux ! À
ce moment-là, jamais je n'aurais joué à dessus-
dessous avec mon frère.

« On refait une partie ? lançai-je, sans décoller le
front de la vitre.

— Je ne joue pas, répondit mon frère, tu vas
pleurer.

— Je te jure que non, Cevat, insistai-je en me
rapprochant de lui. Mais seulement si on joue à
égalité, avec les règles du début.

— Je vais lire le journal.

— Très bien », dis-je. Je mélangeai mon jeu

d'images, plus exsangue que jamais. «Avec les règles d'avant. Dessus ou dessous ?

— Pas de pleurs, dit-il. Bon, dessus. »

Je gagnai et il me tendit une image du maréchal Fewzi Çakmak. Je ne la pris pas.

«S'il te plaît, tu peux me donner le roi Faruk, n° 78 ?

— Non, ce n'est pas ce qu'on avait dit. »

Nous jouâmes encore deux fois, je perdis. Si au moins je ne m'étais pas entêté une troisième fois : je lui cédai mon Napoléon (n° 49) d'une main tremblante.

«Je ne joue plus », dit mon frère.

Je le suppliai. Nous fîmes encore deux parties et lorsque je perdis, au lieu de lui donner les images qu'il voulait, je lui balançai à la figure le mince paquet qu'il me restait dans les mains : les images que je collectionnais depuis deux mois et demi, à chacune desquelles je pensais chaque jour que le bon Dieu fait, que je cachais soigneusement et comptabilisais fébrilement (les Mae West n° 78 et les Jules Verne n° 82, les Mehmed le Conquérant n° 7 et les reine Elizabeth n° 70, les vignettes du journaliste Celal Salik n° 41 et les Voltaire n° 42), volèrent dans les airs et s'éparpillèrent sur le sol.

Si seulement je pouvais être ailleurs, dans une autre vie ! Sans passer par la chambre de ma grand-mère, je descendis les escaliers aux marches grinçantes sur la pointe des pieds en pensant à ce parent éloigné qui travaillait dans les assurances et qui s'était suicidé. Ma grand-mère paternelle m'avait dit que les gens qui se suicidaient restaient dans un endroit sombre sous la terre et ne pouvaient pas aller au paradis. À quelques marches du bas de l'escalier, je restai là, dans l'obscurité. Je fis demi-tour pour remonter et m'assis sur la dernière marche, près de la chambre de ma grand-mère.

« Je n'ai pas les moyens dont dispose ta belle-mère, disait ma grand-mère. La seule chose que tu as à faire est de t'occuper de tes enfants et d'attendre.

— Mais je vous le demande instamment, ma chère Maman, je veux revenir ici avec les enfants, répondit ma mère.

— Tu ne peux pas vivre avec deux enfants dans cette maison poussiéreuse, pleine de fantômes et de voleurs, répliqua ma grand-mère.

— Maman ! Rappelez-vous comme nous avons été heureux ici, tous les trois avec mon père, les dernières années de sa vie, juste après le mariage de mes sœurs !

— Ma jolie Mebrure, tu passais toutes tes journées à feuilleter les *Illustration* de ton père.

— J'allumerai le grand poêle du bas et, en l'espace de deux jours, toute la maison sera chaude et accueillante.

— Je t'avais bien dit de ne pas te marier avec lui, dit ma grand-mère.

— Avec l'aide d'une femme de ménage, il ne nous faudra pas plus de deux jours pour débarrasser cette maison de sa poussière, poursuivit ma mère.

— Je ne laisserai pas ces voleuses s'introduire chez moi, coupa ma grand-mère. Et pour enlever la poussière et les toiles d'araignée, il te faudra au moins six mois. Et, d'ici là, ton évaporé de mari sera rentré à la maison.

— C'est votre dernier mot ?

— Ma chère petite Mebrure, ma fille adorée, si tu venais t'installer ici avec tes enfants, de quoi vivrions-nous tous les quatre ?

— Ma chère Maman, combien de fois vous ai-je demandé, vous ai-je suppliée de vendre le terrain de Bebek avant que nous soyons expropriés ?

— Je n'irai pas au cadastre donner ma signature et ma photo à ces sales types.

— Ma chère Maman, ma sœur aînée et moi avons amené un notaire jusqu'à votre porte pour ne pas vous entendre dire cela, dit ma mère en élevant la voix.

— Je n'ai jamais eu confiance en ce notaire, répondit ma grand-mère. C'est un escroc ; il le porte sur son visage. Peut-être n'est-il même pas notaire. Et ne me parle pas ainsi en criant.

— Très bien, Maman. Dans ce cas, je ne dirai plus rien ! »

Ma mère nous appela : « Les enfants, allez, prenez vos affaires, on y va.

— Attends, où allez-vous comme cela ! dit ma grand-mère. Nous n'avons même pas échangé deux mots.

— Vous ne voulez pas de nous, Maman, murmura ma mère.

— Tiens, donne donc quelques loukoums aux enfants.

— Ils ne doivent pas en manger avant le repas », dit ma mère et, en quittant la chambre, elle passa devant moi et entra dans la pièce d'en face. « Qui a jeté ces images par terre ? Ramassez-moi vite tout ça. Aide-le », dit-elle à mon frère aîné.

Tandis que nous rassemblions les images en silence, ma mère souleva le couvercle des vieux coffres et regarda les robes, les voiles en tulle et les boîtes de son enfance. La poussière, sous le noir squelette de la machine à coudre à pédale, me piquait la gorge et le nez au point que j'en avais les larmes aux yeux.

Pendant que nous nous lavions les mains dans le petit lavabo, ma grand-mère se mit à supplier d'une voix douce :

« Ma petite Mebrure chérie, prends donc cette théière ; tu l'aimes tellement, et elle te revient de plein droit, dit-elle. Mon grand-père l'avait rapportée pour ma mère, lorsqu'il était gouverneur de Damas. Elle vient de Chine. Emporte-la, s'il te plaît.

— Chère Maman, désormais, je ne veux plus rien de vous. Mettez-la dans votre placard, sinon vous allez la casser. Allez, les enfants, embrassez la main de votre grand-mère.

— Ma jolie, ma petite Mebrure, ne te fâche pas contre ta pauvre mère, dit-elle tandis que nous lui embrassions la main. Ne me laissez pas seule ici sans visites. »

Nous descendîmes rapidement les escaliers et lorsque, tous les trois, nous repoussâmes la lourde porte en fer, nous fûmes accueillis par un éblouissant soleil et l'air frais du dehors.

« Refermez bien la porte ! cria notre grand-mère

du fin fond de l'escalier. Mebrure, tu reviens me voir cette semaine, n'est-ce pas ? »

Tenant notre mère par la main, nous marchâmes sans piper mot. Nous écoutâmes en silence les gens qui n'arrêtaient pas de tousser en attendant le départ du tramway. Quand il finit par démarrer, sous prétexte de regarder le conducteur, mon frère et moi allâmes nous asseoir sur le siège de devant et jouâmes à dessus-dessous. Au début, je récupérai quelques-unes des images que j'avais perdues. Tout joyeux, j'accélérai la cadence et très vite je recommençai à perdre. À la hauteur de la station Osmanbey, mon frère me dit : « Je te donne quinze des images que tu veux contre toutes celles qui te restent. »

Je jouai et je perdis tout. Je sortis discrètement deux images du paquet avant de le céder à mon frère. Je retournai m'asseoir sur le siège de derrière, à côté de ma mère. Je ne pleurais pas. Comme elle, je gardais les yeux rivés sur la vitre et, tandis que le tramway geignait tristement et gagnait peu à peu de la vitesse, je regardai défiler les quincailleries qui n'existent plus aujourd'hui, les boulangeries, les auvents des pâtisseries, le cinéma Tan où nous avions vu tant de péplums, les gamins qui vendaient des bandes dessinées d'occasion le long du mur un peu plus loin, le coiffeur avec ses ciseaux pointus qui m'effrayaient tant et, devant sa porte, le fou du quartier qui restait toujours planté à moitié nu.

Nous descendîmes à Harbiye. Tandis que nous marchions en direction de la maison, le silence satisfait de mon frère me rendait fou. Je sortis l'image de Lindbergh que j'avais cachée dans ma poche.

C'était la première fois qu'il la voyait. « Lindbergh n° 91, lut-il avec admiration. Et l'avion avec lequel il a traversé l'Atlantique ! Où as-tu trouvé cette image ?

— Hier, on ne m'a pas vacciné, dis-je. Je suis rentré de bonne heure à la maison et j'ai vu Papa avant son départ. C'est Papa qui me l'a achetée.

— Dans ce cas, la moitié est à moi, s'écria-t-il. En plus, quand on a joué la dernière partie, on a dit que tu devais me donner tout le reste des images. »

Il fit un geste pour s'emparer de Lindbergh, mais il ne réussit pas à me l'arracher. Il m'agrippa le poignet et me le tordit si violemment que je lui balançai un coup de pied dans la jambe. Nous nous jetâmes l'un sur l'autre.

« Arrêtez ! cria ma mère. Arrêtez ! Vous n'avez pas honte, en pleine rue ! »

Nous cessâmes. Un homme en costume-cravate et une femme à chapeau nous dépassèrent. J'étais honteux de m'être battu dans la rue. Mon frère aîné fit deux pas et tomba par terre.

« J'ai trop mal, gémit-il en se tenant la jambe.

— Lève-toi, murmura ma mère. Lève-toi, allez, tout le monde te regarde. »

Il se remit debout et se mit à marcher en boitant, comme les héroïques soldats blessés dans les films. J'avais peur qu'il n'ait mal pour de bon, toutefois je n'étais pas mécontent de le voir dans cet état. Après avoir marché quelque temps en silence, il me dit : « Tu ne perds rien pour attendre. Tu vas voir, à la maison. » Puis, à ma mère : « Maman, hier, Ali ne s'est pas fait vacciner.

— Mais si, Maman !

— Taisez-vous ! » cria ma mère.

Nous étions arrivés en face de notre immeuble. Avant de pouvoir traverser la rue, nous laissâmes passer le tramway venant de Maçka. Puis un camion, un autobus de Beşiktaş pétaradant et lâchant de gros nuages de gaz d'échappement et, dans l'autre sens, une De Soto violette. C'est alors que j'aperçus mon oncle qui regardait par la fenêtre. Il ne nous avait pas vus ; il contemplait les voitures qui passaient dans un sens et dans l'autre. Je l'observai pendant un long moment.

La voie était libre depuis longtemps. Ne comprenant pas pourquoi ma mère nous tenait par la main sans nous faire traverser, je me tournai vers elle, et je vis qu'elle pleurait en silence.

La valise de mon papa

Conférence du Nobel
7 décembre 2006

Deux ans avant sa mort, mon père m'a remis une petite valise remplie de ses propres écrits, ses manuscrits et ses cahiers. En prenant son habituel air sarcastique, il m'a dit qu'il voulait que je les lise après lui, c'est-à-dire après sa mort.

« Jette un coup d'œil, a-t-il dit, un peu gêné, peut-être y a-t-il quelque chose de publiable. Tu pourras choisir. »

On était dans mon bureau, entourés de livres. Mon père s'est promené dans le bureau en regardant autour de lui, comme quelqu'un qui cherche à se débarrasser d'une valise lourde et encombrante, sans savoir où la poser. Finalement, il l'a posée discrètement, sans bruit, dans un coin. Une fois passé ce moment un peu honteux mais inoubliable, nous avons repris la légèreté tranquille de nos rôles habituels, nos personnalités sarcastiques et désinvoltes. Comme d'habitude, nous avons parlé de choses sans importance, de la vie, des inépuisables sujets politiques de la Turquie, de tous ses projets inaboutis, d'affaires sans conséquences.

Je me souviens d'avoir tourné autour de cette valise pendant quelques jours après son départ, sans la toucher. Je connaissais depuis mon enfance cette petite valise de maroquin noir, sa serrure, ses renforts cabossés. Mon père s'en servait pour ses voyages de courte durée, et parfois aussi pour transporter des documents de chez lui à son travail. Je me rappelais avoir, enfant, ouvert cette valise et fouillé dans ses affaires, d'où montait une odeur délicieuse d'eau de Cologne et de pays étrangers. Cette valise représentait pour moi beaucoup de choses familières ou fascinantes, de mon passé, et de mes souvenirs d'enfance ; pourtant, je ne parvenais pas à la toucher. Pourquoi ? Sans doute à cause du poids énorme et mystérieux qu'elle semblait renfermer.

Je vais parler maintenant du sens de ce poids : c'est le sens du travail de l'homme qui s'enferme dans une chambre, qui, assis à une table ou dans un coin, s'exprime par le moyen du papier et d'un stylo, c'est-à-dire le sens de la littérature.

Je n'arrivais pas à prendre et à ouvrir la valise de mon père, mais je connaissais certains des cahiers qui s'y trouvaient. J'avais déjà vu mon père écrire dessus. Ce n'était pas la première fois que je ressentais tout le poids contenu dans cette valise. Mon père avait une grande bibliothèque ; dans sa jeunesse, à la fin des années 1940, il avait voulu devenir poète, à Istanbul, il avait traduit Valéry en turc, mais n'avait pas voulu s'exposer aux difficultés d'une vie consacrée à la poésie dans un pays pauvre, où les lecteurs étaient bien peu nombreux. Son père — mon grand-père — était un riche entrepreneur, mon père avait eu une enfance facile, il ne voulait pas se fatiguer pour la littérature. Il aimait la vie et ses agréments, et je le comprenais.

Ce qui me retenait tout d'abord de m'approcher de la valise de mon père, c'était la crainte de ne pas aimer ce qu'il avait écrit. Il s'en doutait sûrement, et avait d'ailleurs pris les devants en affectant une espèce de désinvolture à l'égard de cette valise. Cette attitude m'affligeait, moi qui écrivais depuis vingt-cinq ans, mais je ne voulais en tenir rigueur à mon père de ne pas prendre la littérature suffisamment au sérieux... Ma vraie crainte, la chose qui m'effrayait vraiment, c'était la possibilité que mon père eût été un bon écrivain. C'est en fait cette peur qui m'empêchait d'ouvrir la valise de mon père. Et je n'arrivais même pas à m'avouer cette vraie raison. Car si de sa valise était sortie une grande œuvre, j'aurais dû reconnaître l'existence d'un autre homme, totalement différent, à l'intérieur de mon père. C'était effrayant. Même à mon âge déjà avancé, je tenais à ce que mon père ne fût que mon père, et non un écrivain.

Pour moi, être écrivain, c'est découvrir patiemment, au fil des années, la seconde personne, cachée, qui vit en nous, et un monde qui sécrète notre seconde vie : l'écriture m'évoque en premier

lieu, non pas les romans, la poésie, la tradition littéraire, mais l'homme qui, enfermé dans une
chambre, se replie sur lui-même, seul avec les mots,
et jette, ce faisant, les fondations d'un nouveau
monde. Cet homme, ou cette femme, peut utiliser
une machine à écrire, s'aider d'un ordinateur, ou
bien, comme moi, peut passer trente ans à écrire au
stylo et sur du papier. En écrivant, il peut fumer,
boire du café ou du thé. De temps en temps il peut
jeter un coup d'œil dehors, par la fenêtre, sur les
enfants qui s'amusent dans la rue — s'il a cette
chance, sur des arbres, un paysage — ou bien sur un
mur aveugle. Il peut écrire de la poésie, du théâtre
ou comme moi des romans. Toutes ces variations
sont secondaires par rapport à l'acte essentiel de
s'asseoir à une table, et de se plonger en soi-même.
Écrire, c'est traduire en mots ce regard intérieur,
passer à l'intérieur de soi, et jouir du bonheur
d'explorer patiemment, et obstinément, un monde
nouveau. Au fur et à mesure qu'assis à ma table
j'ajoutais mot après mot sur des feuilles blanches, et
que passaient les jours, les mois, les années, je me
sentais bâtir ce nouveau monde, comme on bâtit un
pont, ou une voûte, et découvrir en moi comme une
autre personne. Les mots pour nous, écrivains, sont
les pierres dont nous nous bâtissons. C'est en les
maniant, en les évaluant les uns par rapport aux
autres, en jaugeant parfois de loin, parfois au
contraire en les pesant et en les caressant du bout
des doigts et du stylo que nous les mettons chacun à
sa place, pour construire à longueur d'année, sans
perdre espoir, obstinément, patiemment.

Pour moi le secret du métier d'écrivain réside non pas dans une inspiration d'origine inconnue mais dans l'obstination et la patience. Une jolie expression turque, « creuser un puits avec une aiguille », me semble avoir été inventée pour nous autres écrivains. J'aime et je comprends la patience de Farhad qui selon la légende perça les montagnes pour l'amour de Shirine. En parlant dans *Mon nom est Rouge* des miniaturistes persans qui à force de dessiner toujours le même cheval, pendant des années, finissent par le mémoriser au point de pouvoir l'exécuter les yeux fermés, je savais que je parlais aussi du métier d'écrivain, et de ma propre vie. Il me semble que, pour être en mesure de narrer sa propre vie comme l'histoire des autres, et de puiser en lui-même ce don de raconter, l'écrivain doit lui-même, avec optimisme, faire le don de toutes ces années à son art et à son métier. La muse, qui ne rend visite qu'à certains, et jamais aux autres, est sensible à cette confiance, à cet optimisme, et c'est quand l'écrivain se sent le plus seul, quand il doute le plus de la valeur de ses efforts, de ses rêves et de ce qu'il a écrit, c'est-à-dire quand il croit que son histoire n'est rien d'autre que son histoire, que la muse vient lui offrir les histoires, les images et les rêves qui dessinent le monde où il vit et le monde qu'il veut bâtir. Le sentiment le plus bouleversant pour moi dans ce métier d'écrivain, auquel j'ai donné toute ma vie, a été de penser parfois que certaines phrases, certaines pages qui m'ont rendu infiniment heureux m'étaient révélées par la grâce d'une puissance extérieure.

J'avais peur d'ouvrir la valise de mon père et de lire ses cahiers parce que je savais qu'il ne se serait jamais exposé aux difficultés que j'ai eu moi-même à affronter. Il aimait non la solitude, mais les amis, les pièces bondées, les plaisanteries en société. Mais ensuite, je fis un autre raisonnement : la patience, l'ascétisme, toutes ces conceptions que j'avais échafaudées pouvaient n'être que mes propres préjugés, liés à mon expérience personnelle et à ma vie d'écrivain. Les auteurs géniaux ne manquaient pas, qui écrivirent tout en menant une vie brillante, bruyante, une existence sociale ou familiale heureuse et intense. De plus, notre père nous avait abandonnés, enfants, pour fuir justement la médiocrité de sa vie familiale. Il était parti pour Paris, où il avait, comme beaucoup d'autres, rempli des cahiers dans des chambres d'hôtel. Je savais que dans la valise se trouvait une partie de ces cahiers, car pendant les années qui précédèrent la remise de cette valise, mon père avait commencé à me parler de cette période de sa vie. Dans notre enfance aussi il parlait de ces années-là, mais sans évoquer sa propre fragilité, ni son désir de devenir poète, ni ses angoisses existentielles dans des chambres d'hôtel. Il racontait qu'il voyait souvent Sartre sur les trottoirs de Paris, il parlait des livres qu'il avait lus et des films qu'il avait vus avec un enthousiasme naïf, comme quelqu'un qui apporte des nouvelles importantes. Je ne pouvais certainement pas me dissimuler ce que ma destinée d'écrivain devait au fait que mon père parlait bien plus souvent des grands auteurs de la littérature mondiale que de nos pachas ou auteurs religieux. Peut-être fallait-il plutôt, au lieu d'attacher trop d'importance à la valeur littéraire de ses écrits, aborder les cahiers de mon père en considérant tout ce que je devais aux livres de sa bibliothèque, en me rappelant que mon père, quand il vivait avec nous, n'aspirait lui aussi, comme moi, qu'à se retrouver seul dans une chambre, pour se frotter à la foule de ses rêves.

Cependant, en contemplant avec inquiétude cette valise fermée, je me sentais justement incapable de cela même. Mon père avait coutume, parfois, de s'allonger sur le sofa à l'entrée de sa bibliothèque, de poser le magazine ou le livre qu'il était en train de lire, et de suivre longuement le cours de ses pensées. Sur son visage apparaissait alors une nouvelle expression, différente de celle qu'il avait en famille, au milieu des plaisanteries, des disputes ou des taquineries — un regard tourné vers l'intérieur. J'en avais déduit dès mon enfance et ma première jeunesse que mon père était un homme inquiet, et je m'en inquiétais. Je sais maintenant, tant d'années après, que cette inquiétude est l'une des raisons qui font d'un homme un écrivain. Pour devenir écrivain, il faut avoir, avant la patience et le goût des privations, un instinct de fuir la foule, la société, la vie ordinaire, les choses du quotidien partagées par tout le monde, et de s'enfermer dans une chambre. Nous, écrivains, avons besoin de la patience et de l'espérance pour rechercher les fondements, en nous-mêmes, du monde que nous créons, mais le besoin de nous enfermer dans une chambre, une chambre pleine de livres, est la première chose qui nous motive. Celui qui marque le début de la littérature moderne, le premier grand écrivain libre et lecteur affranchi des contraintes et des préjugés, qui a le premier discuté les mots des autres sans rien écouter que sa propre conscience, qui a fondé son monde sur son dialogue avec les autres livres, est évidemment Montaigne. Montaigne est un des écrivains à la lecture desquels mon père revenait sans cesse et m'incitait toujours. Je veux me considérer comme appartenant à cette tradition d'écrivains qui, que ce soit en Orient ou en Occident, se démarquent de la société, quelle qu'elle soit, où ils vivent, pour s'enfermer dans une chambre pleine de livres. Pour moi, l'homme dans sa bibliothèque est le lieu où se fonde la vraie littérature.

Pour autant, notre solitude dans cette chambre où nous nous enfermons n'est pas si grande que nous le croyons. Nous sommes environnés des mots, des histoires des autres, de leurs livres, de tout ce que nous appelons la tradition littéraire. Je crois que la littérature est la somme la plus précieuse que l'humanité s'est donnée pour se comprendre. Les sociétés humaines, les tribus et les nations deviennent intelligentes, s'enrichissent et s'élèvent dans la mesure où elles prennent au sérieux leur littérature, où elles écoutent leurs écri-

vains, et, comme nous le savons tous, les bûchers
de livres, les persécutions contre les écrivains pré-
sagent pour les nations des périodes noires et obscures. La littérature n'est jamais seulement un
sujet national ; l'écrivain qui s'enferme dans une
chambre avec ses livres, et qui initie avant tout un
voyage intérieur va y découvrir au cours des années
cette règle essentielle : la littérature est l'art de
savoir parler de notre histoire comme de l'histoire
des autres et de l'histoire des autres comme de
notre propre histoire. Pour arriver à ce but, nous
commençons par lire les histoires et les livres des
autres.

Mon père avait une bonne bibliothèque de
quelque mille cinq cents livres qui aurait largement suffi à un écrivain. Quand j'avais vingt-deux
ans, je n'avais peut-être pas lu tous les livres qui
étaient dans sa bibliothèque, mais je les connaissais tous un par un, je savais lesquels étaient
importants, lesquels étaient légers et faciles à lire,
lesquels étaient des classiques et des monuments
incontournables, lesquels étaient des témoins,
voués à l'oubli mais amusants, d'une histoire
locale, et lesquels étaient les livres d'un écrivain
français auxquels mon père tenait beaucoup. Parfois je contemplais de loin cette bibliothèque.
J'imaginais que moi-même, un jour, j'allais, dans
une autre maison, posséder une bibliothèque sem-
blable et même meilleure, que j'allais me bâtir un
monde avec des livres. Regardée de loin, la bibliothèque de mon père m'apparaissait parfois comme
une image de tout l'univers. Mais c'était un monde

que nous observions à partir d'un angle étroit, depuis Istanbul, et le contenu de la bibliothèque en témoignait aussi. Et mon père avait constitué cette bibliothèque à partir des livres qu'il avait achetés pendant ses voyages à l'étranger, surtout à Paris et en Amérique, de ceux qu'il avait achetés dans sa jeunesse chez les bouquinistes d'Istanbul qui vendaient de la littérature étrangère dans les années 1940 et 1950, et de ceux qu'il avait continué d'acquérir dans des librairies que je connais moi aussi. Mon monde est un mélange de local et de mondial, de national et d'occidental. À partir des années 1970, moi aussi j'ai eu la prétention de me constituer une bibliothèque personnelle, avant même d'avoir vraiment décidé de devenir écrivain ; comme j'en parle dans mon livre *Istanbul*, je savais déjà que je ne deviendrais pas peintre non plus, mais je ne savais pas exactement quelle voie ma vie allait prendre. J'avais d'une part une curiosité insatiable et universelle, et une soif d'apprendre excessive et naïve. D'autre part je sentais que ma vie était vouée à rester insatisfaite, privée de certaines choses qui sont données aux autres. Ce sentiment relevait en partie de celui d'être loin du centre, en province, qui nous gagnait à force de vivre à Istanbul ou rien qu'à regarder la bibliothèque de mon père. Mon autre souci était que j'habitais en Turquie, dans un pays qui n'attache pas grande importance à ses artistes, qu'ils pratiquent la peinture ou la littérature, et les laisse vivre sans espoir. Dans les années 1970, lorsque j'achetais, avec l'argent que mon père me donnait, des livres d'occasion, poussiéreux et usés, chez des bouquinistes d'Istanbul, comme par une ambition dérisoire de suppléer ce que la vie ne m'apportait pas, l'aspect misérable des vendeurs, dans les cours des mosquées, au pied des ruines, au coin des rues, la décrépitude et la pauvreté sordide de tous ces endroits désespérants m'influençaient autant que le contenu des livres eux-mêmes.

Quant à ma place dans l'univers, mon sentiment était que de toute façon j'étais à l'écart, et bien loin de tout centre, que ce soit dans la vie ou dans la littérature. Au centre du monde existait une vie plus riche et plus passionnante que celle que nous vivions, et moi j'en étais exclu, à l'instar de tous mes compatriotes. Aujourd'hui, je pense que je partageais ce sentiment avec la presque totalité du monde. De la même façon, il y avait une littérature mondiale, dont le centre se trouvait très loin de moi. Mais ce à quoi je pensais était non pas la littérature mondiale mais la littérature occidentale. Et nous, les Turcs, en étions bien sûr exclus aussi, comme le confirmait la bibliothèque de mon père. D'une part il y avait les livres et la littérature d'Istanbul, notre monde restreint dont j'affectionne depuis toujours et encore aujourd'hui les détails, et il y avait les livres du monde occidental, tout différents, qui nous donnaient autant de peine que d'espoir. Écrire et lire étaient en quelque sorte une façon de sortir d'un monde et de trouver une consolation par l'intermédiaire de la différence, de l'étrangeté et des créations géniales de l'autre. Je

sentais que mon père aussi lisait parfois pour
échapper à son monde et fuir vers l'Occident, tout
comme je l'ai fait moi-même plus tard. Il me
paraissait aussi qu'à cette époque-là les livres nous
servaient à nous défaire du sentiment d'infériorité
culturelle ; le fait de lire, mais aussi d'écrire nous
rapprochait de l'Occident et en nous faisant parta-
ger quelque chose. Mon père, pour remplir tous les
cahiers de cette valise, était allé s'enfermer dans
une chambre d'hôtel à Paris, et avait rapporté en
Turquie ce qu'il avait écrit. Je sentais, en regardant
la valise de mon père que moi aussi, j'étais
concerné, et cela me terrifiait. Au bout de vingt-
cinq années passées, pour être écrivain en Turquie,
dans la solitude d'une chambre, je me révoltais en
regardant la valise de mon père contre le fait que le
métier d'écrivain, le fait d'écrire sincèrement sup-
pose qu'on l'exerce en cachette de la société, de
l'État et de la nation. C'est peut-être là mon principal ressentiment contre mon père : de n'avoir pas
autant que moi pris le métier d'écrivain au sérieux.
En fait, je lui en voulais de n'avoir pas mené la vie
qui est la mienne, d'avoir choisi de vivre dans la
société, avec ses amis, les gens qu'il aimait, sans
s'exposer au moindre conflit. Mais en même
temps, je savais ce que ces reproches recouvraient
de jalousie, et que ce mot aurait été le plus exact
pour décrire mon énervement. Je me demandais,
comme une obsession : « Qu'est-ce que le bonheur ? » Est-ce croire vivre une vie profonde dans
la solitude d'une chambre, ou est-ce vivre une vie
facile au sein de la société, en croyant les mêmes

choses que tout le monde ou en faisant semblant
d'y croire ? Est-ce qu'écrire en cachette de tous,
dans son coin, tout en ayant l'air de vivre en har-
monie avec tout le monde était le bonheur, ou le
malheur ? C'étaient là des questions trop irritantes,
trop brûlantes pour moi. De plus, d'où avais-je tiré
que le bonheur était le critère d'une vie réussie ?
Les gens, les journaux, tout le monde se compor-
tait comme si la vie se mesurait essentiellement au
bonheur qu'elle offrait, et cela seul justifiait sans
doute qu'on pût envisager le contraire. D'ailleurs,
connaissant bien mon père, et cette façon qu'il
avait eue de nous abandonner et de nous fuir
constamment, j'étais aussi bien à même de perce-
voir son inquiétude profonde.

Voilà ce qui m'a fait ouvrir finalement la valise
de mon père. Peut-être y avait-il dans sa vie un
secret, un malheur trop important pour qu'il ait pu
le supporter sans l'écrire. Dès que j'ai ouvert la
valise, je me suis souvenu de l'odeur de son sac de
voyage, et je me suis aperçu que je connaissais certains de ses cahiers, que mon père m'avait montrés
des années plus tôt, sans y attacher d'importance.
La plupart de ceux que j'ai feuilletés un par un
dataient des années où mon père, jeune encore,
nous avait souvent quittés pour se rendre à Paris.
Mais ce que j'aurais souhaité, moi, comme les écrivains que j'aime et dont je lis les livres, c'était
apprendre ce que mon père avait pu penser et
écrire au même âge que moi. Rapidement, j'ai
compris que je n'allais pas faire cette expérience.

J'étais gêné aussi par la voix d'écrivain que je percevais çà et là dans ces cahiers. Je me disais que cette voix n'était pas celle de mon père, qu'elle n'était pas authentique, ou bien que cette voix n'appartenait pas à la personne que je connaissais comme mon père. Il y avait ici une crainte plus grave que la simple inquiétude de découvrir que mon père cessait, en écrivant, d'être mon père : ma propre peur de ne pas réussir à être authentique l'emportait sur celle de ne pas apprécier ses écrits à lui, et de constater même qu'il était excessivement influencé par d'autres écrivains, et elle se transformait en une crise d'authenticité qui m'obligeait à m'interroger, comme dans ma jeunesse, sur mon existence entière, sur ma vie, mon envie d'écrire, et ce que j'ai écrit moi-même. Pendant les dix premières années où j'ai écrit des romans, j'éprouvais cette crainte avec acuité, elle m'accablait presque ; tout comme j'avais renoncé à peindre, j'avais peur que cette inquiétude me fasse renoncer à écrire.

Je vous ai déjà parlé des deux sentiments que cette valise — que j'ai, depuis, refermée et rangée — avait suscités en moi : le sentiment de provincialité, et le souci d'authenticité. Bien évidemment, ce n'était pas la première fois que j'éprouvais profondément ces sentiments d'inquiétude. J'avais moi-même en lisant et en écrivant exploré, découvert et approfondi pendant des années ces sentiments à ma table de travail, dans toute leur ampleur, avec leurs conséquences, leurs interconnexions, leurs intrications et la diversité

de leurs nuances. Bien sûr, je les avais éprouvés
maintes fois, surtout dans ma jeunesse, douleurs
diffuses, susceptibilités lancinantes, désordres de
l'esprit dont la vie et les livres ne cessaient pas de
m'affliger. Mais je n'étais parvenu au fond du sentiment d'être provincial, de l'angoisse de n'être pas
authentique qu'en écrivant des romans, des livres
·là-dessus (par exemple *Neige* ou *Istanbul* pour le
sentiment de provincialité, ou *Mon nom est Rouge*
et *Le Livre noir* pour le souci d'authenticité). Pour
moi, être écrivain, c'est appuyer sur les blessures
secrètes que nous portons en nous, que nous
savons que nous portons en nous — les découvrir
patiemment, les connaître, les révéler au grand
jour, et faire de ces blessures et de nos douleurs
une partie de notre écriture et de notre identité.

Être écrivain, c'est parler des choses que tout le
monde sait sans en avoir conscience. La décou-
verte de ce savoir et son partage donnent au lecteur
le plaisir de parcourir en s'étonnant un monde
familier. Nous prenons sans doute aussi ce plaisir
au talent qui exprime par des mots ce que nous
connaissons de la réalité. L'écrivain qui s'enferme
dans une chambre et développe son talent pendant
des années, et qui essaie de construire un monde
en commençant par ses propres blessures secrètes,
consciemment ou inconsciemment, montre une
confiance profonde en l'humanité. J'ai toujours eu
cette confiance en ce que les autres aussi portent ce
genre de blessures, en ce que les êtres humains se
ressemblent. Toute la littérature véritable repose

sur une confiance — d'un optimisme enfantin — selon laquelle les hommes se ressemblent. Quelqu'un qui écrit pendant des années enfermé s'adresse à cette humanité et à un monde dépourvu de centre.

Mais comme on peut le comprendre de la valise de mon père et des couleurs fanées de la vie que nous menions à Istanbul, le monde avait un centre bien éloigné de nous. J'ai beaucoup parlé de ce sentiment tchekhovien de provincialité et de l'angoisse d'authenticité inspirés tous deux par l'expérience de cette vérité fondamentale. Je sais que la majorité écrasante de la population mondiale vit avec ces sentiments oppressants en luttant contre le manque de confiance en soi et contre la peur de l'humiliation. Oui, le souci principal de l'humanité est encore la pauvreté, le manque de nourriture, de logement... Mais désormais, les télévisions, les journaux nous racontent ces problèmes fondamentaux plus rapidement et plus facilement que la littérature. Si ce que la littérature doit raconter et explorer aujourd'hui c'est le problème principal de l'humanité, la peur de l'exclusion et de se sentir sans importance, le sentiment de ne rien valoir, les atteintes à l'amour-propre éprouvées par les sociétés, les fragilités, la crainte de l'humiliation, les colères de tout ordre, les susceptibilités, et les vantardises nationales... Je peux comprendre ces paranoïas, qui sont le plus souvent exprimées dans un langage irrationnel et excessivement sensible, chaque fois que je fixe l'obscurité qui est en moi.

Nous témoignons de ce que les grandes foules, les sociétés et les nations constituant le monde en dehors de l'Occident, auxquelles je m'identifie facilement, sont imprégnées de peurs qui frisent parfois la stupidité, à cause de cette crainte d'être humilié et de cette susceptibilité. Je sais en même temps que les nations, les États du monde occidental, auquel je peux tout aussi facilement m'identifier, sont parfois imbus d'un orgueil (vanité d'avoir produit la Renaissance, les Lumières, la modernité, la société d'abondance) qui frise tout autant la stupidité.

En conséquence, non seulement mon père, mais nous tous surestimons l'idée selon laquelle le monde aurait un centre. Cependant, ce qui nous tient enfermés dans une chambre pendant des années pour écrire est une croyance contraire ; c'est une foi en ce qu'un jour ce que nous avons écrit sera lu et compris car les hommes se ressemblent partout dans le monde. Mais, je le sais par moi-même et par ce que mon père a écrit, ceci est d'un optimisme inquiet, blessé, inspiré par la peur d'être en marge, en dehors. J'ai ressenti maintes fois les sentiments d'amour et de haine que Dostoïevski a éprouvés toute sa vie à l'égard de l'Occident. Mais ce que j'ai vraiment appris de lui, ma vraie source d'optimisme, c'est le monde complètement singulier que ce grand écrivain a fondé en partant de sa relation d'amour et de haine avec l'Occident mais en la dépassant.

Tous les écrivains qui ont consacré leur vie à ce métier savent cette réalité : les motifs qui nous ont amenés à écrire et le monde que nous avons construit à force d'écrire pendant des années avec espoir se posent finalement dans des lieux différents. De la table où nous étions assis avec notre chagrin ou notre colère, nous sommes arrivés à un monde entièrement différent, au-delà de ce chagrin et de cette colère. N'était-il pas possible que mon père, lui aussi, eût atteint un tel monde ? Ce monde, auquel on arrive au bout d'un long voyage, nous inspire un sentiment de miracle, tout comme une île qui apparaît peu à peu devant nous, dans toutes ses couleurs, lorsque le brouillard se lève sur la mer. Ou bien cela ressemble à ce qu'ont ressenti les voyageurs occidentaux à l'approche d'Istanbul, par la mer, quand la ville émerge du brouillard de l'aube. À la fin du long voyage commencé avec espoir et curiosité, il existe une ville, un monde entier avec ses mosquées, ses minarets, ses maisons, ses rues en pente, ses collines, ses ponts. On a envie d'entrer de plain-pied dans ce monde, et de s'y perdre, tout comme un bon lecteur se perd dans les pages d'un livre. Nous étions assis à cette table, en colère, tristes, et nous avons découvert un nouveau monde qui nous a fait oublier ces sentiments.

Contrairement à ce que je ressentais pendant mon enfance et ma jeunesse, le centre du monde pour moi est désormais Istanbul. Non seulement parce que j'y ai passé presque toute ma vie, mais aussi parce que depuis trente-trois ans j'ai raconté ses rues, ses ponts, ses humains et ses chiens, ses maisons et ses mosquées, ses fontaines, ses héros étonnants, ses magasins, ses petites gens, ses recoins sombres, ses nuits et ses jours, en m'identifiant à chacun tour à tour. À partir d'un certain moment, ce monde que j'ai imaginé échappe aussi à mon contrôle et devient plus réel dans ma tête que la ville dans laquelle je vis. Alors, tous ces hommes et ces rues, ces objets et ces bâtiments commencent en quelque sorte à se parler, à établir entre eux des relations que je ne pouvais pas pressentir, à vivre par eux-mêmes et non plus dans mon imagination et mes livres. Ce monde que j'ai construit en l'imaginant patiemment, comme on creuse un puits avec une aiguille, m'apparaît alors plus réel que tout.

En regardant sa valise, je me disais que peut-être mon père aussi avait connu ce bonheur réservé aux écrivains qui ont voué tant d'années à leur métier, et que je ne devais pas avoir de préjugés à son égard. Par ailleurs, je lui étais reconnaissant de n'avoir pas été un père ordinaire, distribuant des ordres et des interdictions, qui écrase et punit, et de m'avoir toujours respecté et laissé libre. J'ai parfois cru que mon imagination pouvait fonctionner librement comme celle d'un enfant, parce que je ne connaissais pas la peur de perdre, contrairement à de nombreux amis de mon enfance et de ma jeunesse, et j'ai parfois sincèrement pensé que je pouvais devenir écrivain parce que mon père avait voulu devenir lui-même écrivain dans sa jeunesse.

Je devais le lire avec tolérance et comprendre ce qu'il avait écrit dans ces chambres d'hôtel.

Avec ces pensées optimistes, j'ai ouvert la valise, qui était restée plusieurs jours là où mon père l'avait laissée, et j'ai lu, en mobilisant toute ma volonté, certains cahiers, certaines pages. Qu'avait-il donc écrit ? Je me souviens de vues d'hôtels parisiens, de quelques poèmes, de paradoxes, de raisonnements... Je me sens maintenant comme quelqu'un qui se rappelle difficilement, après un accident de voiture, ce qui lui est arrivé, et qui rechigne à se souvenir. Lorsque dans mon enfance ma mère et mon père étaient sur le point de commencer une dispute, c'est-à-dire lors de l'un de leurs silences mortels, mon père allumait tout de suite la radio, pour changer d'ambiance, la musique nous faisait oublier plus vite.

Changeons de sujet, et disons quelques mots « en guise de musique ». Comme vous le savez, la question la plus fréquemment posée aux écrivains est la suivante : « Pourquoi écrivez-vous ? » J'écris parce que j'en ai envie. J'écris parce que je ne peux pas faire comme les autres un travail normal. J'écris pour que des livres comme les miens soient écrits et que je les lise. J'écris parce que je suis très fâché contre vous tous, contre tout le monde. J'écris parce qu'il me plaît de rester enfermé dans une chambre, à longueur de journée. J'écris parce que je ne peux supporter la réalité qu'en la modifiant. J'écris pour que le monde entier sache quel genre de vie nous avons vécue, nous vivons, moi, les autres, nous tous, à Istanbul, en Turquie. J'écris parce que j'aime l'odeur du papier et de l'encre. J'écris parce que je crois par-dessus tout à la littérature, à l'art du roman. J'écris parce que c'est une habitude et une passion. J'écris parce que j'ai peur d'être oublié. J'écris parce que je suis sensible à la célébrité et à l'intérêt que cela m'apporte. J'écris pour être seul. J'écris dans l'espoir de comprendre pourquoi je suis à ce point fâché avec vous tous, avec tout le monde. J'écris parce qu'il me plaît d'être lu. J'écris en me disant qu'il faut que je finisse ce roman, cette page que j'ai commencée. J'écris en me disant que c'est ce que tout le monde attend de moi. J'écris parce que je crois comme un enfant à l'immortalité des bibliothèques et à la place qu'y tiendront mes livres. J'écris parce que la vie, le monde, tout est incroyablement beau et étonnant. J'écris parce qu'il est plaisant de traduire en mots toute cette beauté et la richesse de la vie. J'écris non pas pour raconter des histoires, mais pour construire des histoires. J'écris pour échapper au sentiment que je ne peux atteindre tel lieu auquel j'aspire, comme dans les rêves. J'écris parce que je n'arrive pas à être heureux, quoi que je fasse. J'écris pour être heureux.

Une semaine après avoir déposé la valise dans mon bureau, mon père m'a rendu visite à nouveau, avec comme d'habitude un paquet de chocolats (il oubliait que j'avais quarante-huit ans). Comme d'habitude nous avons parlé de la vie, de politique, des potins de famille et nous avons ri. À un moment donné, mon père a posé son regard là où il avait laissé la valise, et il a compris que je l'avais enlevée. Nos regards se sont croisés. Il y a eu un silence embarrassé. Je ne lui ai pas dit que j'avais ouvert la valise et essayé d'en lire le contenu. J'ai fui son regard. Mais il a compris. Et j'ai compris qu'il avait compris. Et il a compris que j'avais compris qu'il avait compris. Ce genre d'intercompréhension ne dure que le temps qu'elle dure. Car mon père était un homme sûr de lui, à l'aise et heureux avec lui-même. Il a ri comme d'habitude. Et en partant, il a encore répété, comme un père, les douces paroles d'encouragement qu'il me disait toujours.

Comme d'habitude, je l'ai regardé sortir en enviant son bonheur, sa tranquillité, mais je me souviens que ce jour-là j'ai senti en moi un tressaillement embarrassant de bonheur. Je ne suis peut-être pas aussi à l'aise que lui, je n'ai pas mené sa vie heureuse et insouciante, mais j'avais, vous l'avez compris, remis ses écrits à leur place… J'avais honte d'avoir éprouvé cela envers mon père. De plus mon père, loin d'avoir été un centre, m'avait laissé libre de ma vie. Tout cela doit nous rappeler que le fait d'écrire et la littérature sont profondément liés à un manque autour duquel tourne notre vie, au sentiment de bonheur et de culpabilité.

Mais mon histoire a une autre moitié, symétrique, qui m'a inspiré encore plus de culpabilité, et dont je me suis souvenu ce jour-là. Vingt-six ans auparavant, quand j'avais vingt-deux ans, j'avais décidé de tout abandonner et de devenir romancier, je m'étais enfermé dans une chambre et, quatre ans plus tard, j'avais terminé mon premier roman, *Cevdet Bey et ses fils*, et j'avais remis, les mains tremblantes, une copie dactylographiée du livre, qui n'était pas encore publié, à mon père, pour qu'il le lise et me dise ce qu'il en pensait. Obtenir son approbation était pour moi important, non seulement parce que je comptais sur son goût et sur son intelligence, mais aussi parce que, contrairement à ma mère, mon père ne s'opposait pas à ce que je devienne écrivain. À cette époque-là, mon père n'était pas avec nous. Il était loin. J'attendis impatiemment son retour. Quand il est rentré, deux semaines après, j'ai couru lui ouvrir la porte. Mon père n'a rien dit, mais il m'a pris dans ses bras, embrassé d'une façon telle que j'ai compris qu'il avait beaucoup aimé mon livre. Pendant un certain temps, nous sommes restés silencieux, mal à l'aise, comme il arrive dans des moments de sentimentalité excessive. Lorsqu'un peu plus tard nous nous sommes mis à l'aise, et avons commencé à causer, mon père a exprimé, d'une façon excessivement excitée et par des mots exagérés, sa confiance en moi et en mon premier livre, et il m'a dit que j'allais un jour recevoir ce prix, que j'accepterais aujourd'hui avec beaucoup de bonheur.

Il m'avait dit cela moins par conviction ou avec l'intention de m'assigner un but, que comme un père turc dit à son fils, pour l'encourager : « Tu seras pacha. » Et il a répété ces paroles pendant des années, chaque fois qu'il me voyait, pour me donner du courage.

Mon père est mort en décembre 2002.

Honorables membres de l'académie suédoise qui m'avez accordé ce grand prix, cet honneur, et vous, leurs éminents invités, j'aurais beaucoup aimé que mon père soit parmi nous aujourd'hui.

COLLECTION FOLIO 2€

Dernières parutions

Composition IGS-CP
Impression Novoprint
à Barcelone, le 28 septembre 2016
Dépôt légal : septembre 2016
1ᵉʳ dépôt légal dans la collection : mai 2012

ISBN 978-2-07-044539-4./Imprimé en Espagne.

309637